변호인
강태훈

변호인 강태훈 1

초판 1쇄 인쇄일 2014년 12월 25일 | **초판 1쇄 발행일** 2014년 12월 29일

지은이 박민규 | **펴낸이** 곽중열 | **담당편집 팀장** 이범수
편집부 신연제 이윤아 김호성 김은경

펴낸곳 (주)조은세상 | 출판등록 제 2002-23호
주소 경기도 연천군 미산면 청정로 1355
TEL 편집부 02)587-2966 | FAX 02)587-2922
e-mail bukdu@comics21c.co.kr

ⓒ박민규 2014
ISBN 979-11-5512-884-8 | ISBN 979-11-5512-883-1(set) | 값 8,000원

※잘못 만들어진 책은 바꿔 드립니다.
※저자와의 협의에 의해 인지는 생략합니다.

ATTORNEY
NEO MODERN FANTASY & ADVENTURE

박민규 현대판타지 장편소설

변호인
강태훈

CONTENTS

NEO MODERN FANTASY & ADVENTURE

1. 서장	7
2. 회귀	23
3. 그녀를 변호하다	49
4. 라이벌, 그리고 친구	87
5. 법무법인 아르바이트	113
6. 수능	139
7. 법과 대학에서의 숨 막히는 나날	165
8. 장애인의 인권	207
9. 사법 연수원 천재들의 경쟁	257
10. 군법무관(1)	321

NEO MODERN FANTASY & ADVENTURE

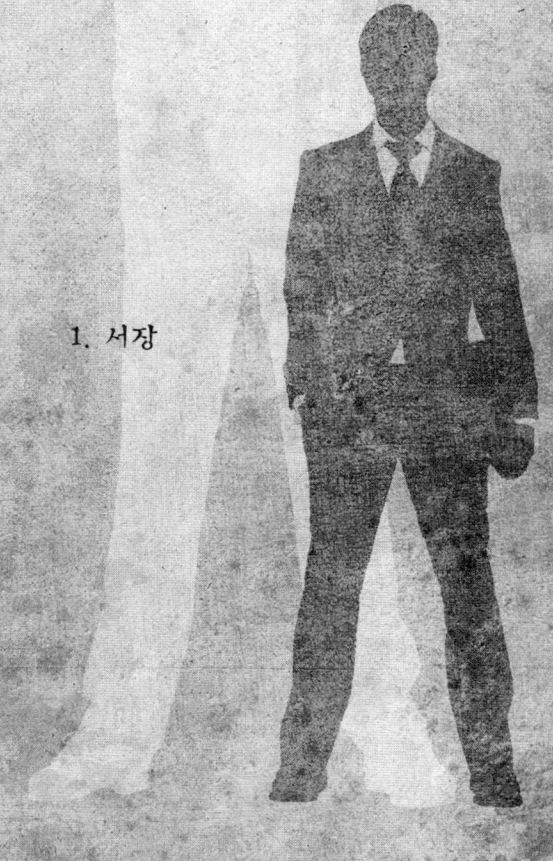

1. 서장

1. 서장

　복부로 찢어질 듯한 통증이 느껴졌다. 천천히 감겨있던 눈이 떠졌다. 어두웠다. 자신의 몸을 전구가 비추고 있었다. 통증에 복부 쪽으로 손을 옮겼다가 그의 얼굴이 와락 일그러졌다.
　복부에는 누군가 장기를 적출(摘出)한 흔적이 역력히 남아있었다.
　"이런 니미…!"
　놀라 몸을 일으키는 순간 복부의 통증이 심해지며 온 몸의 힘이 빠진 것처럼 바닥으로 떨어졌다.
　와당탕!
　"크으윽…."

차가운 철로 이루어진 수술대 위에서 떨어진 서른 다섯 살 남성 강태훈은 자신이 떨어지면서 밀려나간 수술대를 짚고는 몸을 일으키려 했다. 그러나 몸의 힘이 풀린 듯 수차례 일으키려 했으나 잘 되지 않았다.

"개 씨발 새끼들…."

울음이 목구멍으로 터져 나와 분노로 치솟았다. 어째서 이렇게 되었을까.

누구라도 부러워 할 만 한 직업을 자신은 가졌다. 사람들은 '사' 자가 들어간 직업을 동경한다. 의사, 검사, 판사, 그리고 태훈의 직업 변호사.

그러한 변호사인 자신이 사채에 손을 뻗었다가 장기 적출(摘出)을 당하고 말았다.

복부. 신장 한 쪽을 떼었을 것이다. 그러나 이자나 겨우 메웠을 것이다. 인과응보(因果應報). 변호사로서의 자질 미만의 행위들이 결국 그를 이곳까지 끌어들여버렸다.

돈이 조금 생겼다고 남들처럼 사치를 부리겠다며 비싼 차를 몰고 좋은 집을 사고 부모님께 효도 하듯 돈 몇 푼 용돈 쥐어드리며 하던 것 까진 괜찮았다.

돈 좀 있다는 이들과 도박에 손대기 시작하면서 자신의 인생은 추락했다.

처음엔 차를 팔았고 그 다음은 집을 팔았다.

그 다음은 자신이 차린 잘나가던 시절이 있었던 법무법인 건물이었다.

모든 것을 잃었다. 심지어 이젠 신장 하나까지 잃은 상황이다.

"아, 새끼 깨어 났으려나."

"비실비실 한 것이 한 반나절 더 있어야 하지 않을까요?"

"오. 깨어났다, 깨어났어."

끼익거리는 소리가 나더니 계단으로 빛이 비추며 소리가 났다. 사채업자 두 사람이 함께 내려왔다.

그들을 보자마자 분노를 참을 수가 없었다.

"개새끼들아. 이게 뭐하는 짓이야! 니들! 법이 안 무서운 거냐!? 나 강태훈이야! 변호사 강태훈!"

"법!? 기다려봐."

반삭에 날카로운 눈매. 볼에 칼자국이 있는 호리호리한 체격의 남성은 무서운 존재다. 그는 휴대폰을 켰다.

"어디보자. 형법 제 23장 246조 상습도박. 상습으로 도박을 한 사람은 3년 이하의 징역 또는 2천 만원 이하의 벌금에 처한다. 더럽게 어렵네, 야이 새끼야. 법법 거리지 말고 너나 잘 지켜 이 새끼야. 콩밥 한 번 배터지게 먹어볼래?"

퍽퍽

그의 손바닥이 태훈의 머리를 거쎄게 때린다. 눈에는 독기가 생겼다. 그러나 움직이지 않는 몸은 서러움으로 복받쳐 올라 울음을 흘린다.

"크흑, 개, 개새끼들, 다, 다 주, 죽여버릴 거야."

"그러시던가 말던가."

그러나 그는 태연하다. 태훈의 턱을 한 손으로 잡았다.

"한 달 준다. 한 달 동안 4억 5천 가져 와. 안 그럼 너나 니 부모님이나 전부 눈깔이며 콩팥 전부 떼 줄 테니까."

그 말이 끝이었다. 머리 위로 그가 끌어 모은 가레가 떨어진다. 그들은 밖으로 나섰다.

은행에서 대출도 불가능했다. 그렇다고 평소 안면이 있던 판사, 변호사, 검사, 정치하는 이들. 전부 전화해봤지만 모두 매몰찼다. 한 때 잘 나갔던 변호사 강태훈이가 망한 사실은 모두가 알고 있는 사실이다.

더러운 박쥐 같은 놈들.

더 이상 자신에게 빨아먹을 피 따위는 없다고 여겼겠지.

약속했던 한 달이 지났다.

서둘러 짐을 챙겼다.

도망 쳐야했다. 최소한 살아야지 않겠는가.

녀석들의 정보력은 꽤 뛰어난 편이었다. 어디든 도망칠 수 있다면 가야했다.

그렇다고 해외 이민은 불가능했다. 녀석들은 다양한 곳에 손을 뻗고 있기 때문이다.

어디 섬이나 들어갈까, 서울과 가장 먼 곳으로 도망칠까 하다가 결국 아무 고속버스에나 몸을 맡긴다.

도착한 곳은 전남 보성이었다. 휴대폰은 이미 버렸고 숨겨 두었던 500만원으로 연명해야했다.

"일단 월세 방이라도 구하자."

※

하루하루가 지옥과도 같았다. 4개월이 지났다. 돈이 떨어지고 있었다. 보증금 100만원을 넣고 20만 원 짜리 월세를 내며 하루하루 술로 연명하니 돈은 계속 나갔다.

우습지 않은가.

당장 죽게 생겼는데, 잘나가던 변호사였다는 생각에 다른 굳은 일은 잡지도 못한다.

술만 축내고 당장 죽을 날만 기다리고 있는 사람과 같았다.

이런 자신이 한심했다.

"씨팔…"

어두운 방안에서 뿌연 연기만이 허공으로 흩어지고 있었다. 마지막 담배를 태운 그는 재떨이에 비벼 껐다.

"하…."

눈물이 또 다시 쏟아진다. 자신이 변호사라는 명패를 걸고 일할 때 입었던 정장의 넥타이가 눈에 들어온다. 넥타이에 목을 매고 자살해 버릴까하는 생각이 났다.

"정신 차려, 강태훈. 너 죽으면 어머니하고 아버지는. 응? 아직 씨발 누나 원수도 못 갚았는데! 이 병신 같은 놈아."

자신은 학창시절 우수하지 못한 성적이었다. 체구도 성격도 평범함 그 자체였다. 그러나 한 사건이 계기를 만들었다.

대기업 반도체 하청 업체에서 일하던 누나의 백혈병 판정.

그 후 이어진 바보 같은 합의서 작성.

추후 누나가 죽은 뒤에야 가족 모두가 후회했다.

그 합의서는 자신들 업체에서 일을 하여 백혈병에 걸렸다는 것의 입막음 용이었고 가족이 정신을 차려 소송을 걸었을 때에는 합의서가 제출되어 그들을 막아섰다.

법을 몰랐기에 억울함을 세상에 알리지 못했고, 법을 몰랐기에 누나의 죽음을 돈 몇 푼에 판 것이다.

그 때문에 그런 사람들을 위해 변호사가 되자고 했다. 그리고 그 빌어먹을 대기업에 같은 일을 겪었던 이들에게 힘이 되어주는 변호사가 되자고 꿈을 꿨다.

자신을 각별히 사랑했고 자신이 각별히 아꼈던 누나를 위한 것이라고 여겼다.

그러나 정작 아직 그 일은 행하지도 못했다. 죽을 순 없었다.

"제삿날…."

달력을 보다가 자신도 모르게 중얼거렸다.

그러고 보니 내일이 누나의 제삿날이다. 부모님 걱정이 자주 든다. 그러나 쉽사리 녀석들도 부모님을 건들진 못하겠지. 하는 생각을 하곤 했다.

또한, 현재 녀석들이 부모님의 집을 안다는 확신도 없었다.

제삿날에는 아무리 바빠도 내려갔다.

더불어 4개월 동안 연락한 적 한 번 없었기에 이번에 가지 않으면 자신이 죽은 줄 아실지도 모른다.

어쩌면 제삿날은 핑계다.

부모님이 사무치게 보고 싶다.

※

부모님은 전라북도 김제시에 살고 계셨다. 논과 슈퍼 몇 개 학교 몇 개 밖에 없는 시골이었다. 익숙한 골목길을 지났다.

면도도 했고 평상시에 고향에 내려오던 것처럼 깔끔한 정장도 입었다.

부모님은 자신의 추락을 알지 못한다.

집 앞에 도착한 그는 가슴이 먹먹했다.

'쓰레기 새끼….'

자신에 대한 원망과 욕이다. 다 쓰러져간다. 옆집 앞집은 대문을 새로 칠하기라도 했지, 정작 자신의 고향집은 대문의 페인트가 완전히 벗겨졌다.

지붕은 낡아빠져 당장 허물어질 것 같다.

차라리 어두울 때 와서 다행이다. 시골인 김제는 어두워지면 한 치 앞도 보이지 않는다.

자신의 눈물을 부모님은 못 볼 것이다.

발이 움직이질 않는다. 한 발 자국 떼었다가 다시 뒷걸음질한다. 그 많은 돈을 벌어놓고도 용돈이나 쥐어주며 정작 큰 돈 들어가는 건 나몰라라 했다.

끼이익

철문이 열리는 소리와 함께 벽 뒤로 몸을 숨겼다.

"아, 거참 태훈이 아직도 안 와?"

"그러게요. 연락도 몇 개월 간 안 되고."

"정말 무슨 일 있는 거 아냐?"

"바빠서 그러겠죠. 워낙 잘 나가는 변호사 선생님이니까. 저번에 신문에도 나오고 한 거 못 봤어요."

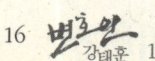

"아 그거 언제적 얘기야, 지가 바쁘면 얼마나 바쁘다고."

두 분의 목소리에는 태훈에 대한 자부심이 가득했다. 자신이 사법고시 3차까지 합격하였을 때에는 김제에 플랜카드가 떡하니 걸렸다.

-(경) 강태훈 사법고시 합격! 장하다! (축)

그런 자랑스러운 아들은 지금 도망자 신세가 되었다. 결국 용기내어 들어가자고 여겼다. 그러나 익숙한 목소리가 들린다.

"이 새끼 정말 해외로 튄 거 아닐까요? 거 왜 불법으로 밀항했을 수도 있죠. 그래도 정치판 사람들하고도 손이 넓었던 녀석인데."

"에이씨, 진짜 그럼 좆 되는데."

아뿔사였다. 반대편 골목에서 익숙한 체구의 실루엣이 집 주위로 오고 있었다.

이 주위를 계속 맴돌며 잠복하고 있었던 듯 싶다.

고양이처럼 발을 세운다.

도망쳐야했다. 지금 잡히면 필히 자신은 죽는다. 그나마 지금 부모님을 건드리지 않는 것 정도는 확인해서 다행이다.

천천히 발을 디디며 일정한 거리를 벌린다.

지리는 누구보다 자신이 더 잘 안다. 어릴 적 자랐던 곳이다.

벽을 돌아서 어두운 곳으로 계속 발걸음 한다.
일정량 왔을 때에는 달리기 시작했다.

※

다시 한 달이 지났다. 돈은 떨어졌다. 월세는 보증금으로 차차 깎이고 있었다. 꾸깃한 만 원 짜리 몇 장만이 남았다. 오늘도 들키지 않았다는 것에 안도하며 슈퍼에서 소주 몇 병을 사왔다.

빈 속에 종이소주 잔에 소주를 채워 계속 들이켰다.

두 병 부터는 정신을 가누기 힘들어진다.

그러나 술을 마시지 않으면 온전히 버티기 힘들다. 구석에는 자신이 2주 전쯤 뭔가에 홀린 듯 사놓은 번개탄 세 개가 놓여 있다.

머리가 복잡하다.

개그 코너라도 볼까하고 TV를 튼다.

"으하하하! 하하하!"

-개울가에 올챙이 호로록! 개구리 호로록! 둑주 몸매는 백만 불 짜리 몸매예요 뿌잉뿌잉!

미쳐가고 있었다. 아니, 미쳤다. 웃기지 않았지만 웃는다. 눈물까지 훔치면서. 다시 채널을 돌린다.

영화 채널이다.

우측 상단에 떠오른 제목이 흐릿하다. 눈을 가늘게 떴다.

'변호.'

라는 제목이었다. 전 대통령 중 한 사람이 변호사로서 활동하던 때의 실화다. 억울한 학생들이 빨갱이로 몰리자 그들을 위해 변호한다는 내용의 영화였다.

나온 지 꽤 된 거 같지만 볼 정신이 없었다. 상당히 많은 이들이 극찬한 것으로 안다.

변호사들은 대부분 안 본 사람이 없을 정도로 큰 교훈이 있다고 한다.

시작한 지 얼마 안되었다.

마법처럼 시야가 또렷해지고 귀가 열린다.

취기도 가라앉는다.

영화를 보면서 그의 눈은 촉촉하게 젖어든다.

'저게 진짜 변호사다. 그래, 저게 변호사야.'

대기업에서 전속 변호사로의 계약을 체결하려 하나 주인공은 어린 학생들의 변호를 택한다. 돈이 아닌, 진실을 추구하는 진짜 변호사다.

더러운 공권력에 두려움 없이 맞서는 허황된 거짓이 아닌, 진실을 보는 변호사.

어째서 자신은 그것을 꿈꾸었으나 이렇게 타락하였을까.

그리고 그 순간 깨닫는다.

자신의 삶은 잘못되었다. 자신의 변호사로써의 삶 자체가 잘못되었다라고.

영화가 끝났다.

가슴 속 여운이 한참을 맴돈다.

더 이상 아무것도 남지 않은 자신, 이미 쓰레기 같은 변호사로 전락했고 돈도 없었다. 저러한 변호사가 되보고 싶다는 생각이 굴뚝같다. 오히려 그것은 죄책감을 불러 일으킨다.

누나에겐 미안하지만 복수는 뒤로 하자. 죽어버리자.

차라리 죽자.

모든 문을 닫았다. 문이라고 해봤자 창문 하나, 밖으로 나가는 문 하나가 전부다.

테이프로 막은 후에 버너를 키고 그 위로 비닐을 벗긴 번개탄을 올려놓는다.

죽기 전이여서 그런가. 취기가 완전히 갔다.

번개탄에 불이 피어오르고 연기가 방안을 가득 메우기 시작했다.

어느덧 시야를 확인할 수 없을 정도로 방안은 연기로 가득 찼다.

정신이 흐릿해지기 시작했다. 몸을 벽에 기대었다.

"콜록콜록!"

기침은 계속 나왔다. 고통스러웠다. 그러나 피하지 않는다.

정신을 거의 반쯤 놓았나보다.

눈 앞에 죽은 누나가 보인다.

"누나."

빙긋 웃는 아름다운 그녀는 늙지 않았다. 스물 넷. 꽃다운 나이에 갔던 자신의 누나 강혜지는 항상 그 모습 그대로였다.

"후회스러워, 너무 후회스러워. 부모님에게도 미안해, 누나에게도 너무 미안해. 크흐흑, 내, 내 사리사욕(私利私慾)이 결국 이 지경으로 만들었어."

그녀는 천천히 다가와 태훈에게 어깨를 빌려준다. 그녀의 따뜻한 손길이 그의 머리를 어루만진다.

"돌아가고 싶어… 그때로. 누나하고 웃으며 장난치던 그때로…."

그것이 태훈의 마지막 말이었다. 그의 이마에 강혜지는 입을 맞춘다. 천천히 그의 머리가 바닥으로 떨어졌다.

태훈의 숨은 멎었다. 그리고 누나 강혜지 역시도 바람에 뿔뿔이 흩어져 사라졌다.

방 안에는 연기만 자욱하게 남았다.

NEO MODERN FANTASY & ADVENTURE

2. 회귀

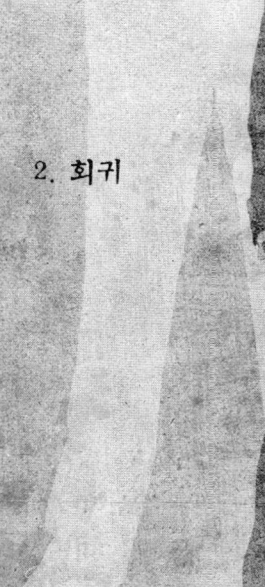

2. 회귀

따뜻했다. 정신이 들기 시작한다.

기억이 남아있다. 자신은 분명 방 안에 번개탄을 피우고 죽으려고 자살 시도를 했다.

자신은 사후세계 따위는 믿지 않는다.

그렇다면 이곳은 병원인가? 젠장, 누군가 발견하고 신고라도 했나보다. 일이 더 안 좋게 돌아간다.

병원에 입원한 것을 사채업자들은 빠르게 알 것이다.

적어도 녀석들 손에 죽긴 싫었다.

도망쳐야했다.

눈을 떴다.

그는 의아했다. 익숙한 천장이 보였다. 주위를 둘러보았다. 병원이 아니었다.

너무나도 익숙했던 곳이다.

자신의 고향, 자신의 집이었다.

"뭐야."

그는 벌떡 몸을 일으켰다. 뭔가 이상하다.

그는 집을 둘러본다. 분명 자신의 방이었다. 설마 그 상태에서 부모님 집으로 오게 된 건가?

아니다.

그건 아니다.

집의 분위기 자체가 달랐다. 익숙했으나 자신의 방은 현재형이 아니다.

걸려있는 교복이 보인다.

노란색 명찰의 '강태훈' 이라고 써져있었다.

중학교 1학년 때의 명찰이고 교복이다.

그는 벌떡 몸을 일으켰다. 그리고 거울을 마주한 순간 눈을 크게 떴다.

손이 부르르 떨렸다. 동공은 커졌다.

"이, 이게 뭐야?"

그는 자신의 얼굴을 어루만진다. 앳된 얼굴의 소년이 놀란 표정으로 서있었다. 그러나 너무나 익숙한 얼굴이다. 강태훈. 바로 본인이다.

그는 너무 놀라 몸만을 어루만졌다.

눈높이도 낮아졌고 체격도 작아졌다. 확실히 이건 중학교 1학년 때의 태훈이다.

그는 누구보다 빠르게 침착해지고 냉정해졌다.

서른 다 섯 살. 인생은 막장까지 치달았으나 그래도 냉철함과 사리분간 능력으로 먹고 살던 인생이었다.

"중학교 1학년이 되었다?"

그의 해답은 그거였다. 자신은 과거로 돌아와 중학교 1학년이 되었다는 것.

그것이 정답이다.

그 순간, 벌컥 문이 열렸다.

"너 빨리 나와서 밥 안 먹을래? 학교 안 갈 거야?"

스물 한 살. 가장 예뻤던 때의 누나가 있었다. 갈색으로 물들인 머리카락. 땡그랑 눈, 귀엽게 솟은 콧날, 적당하게 오른 볼살.

강혜지. 그녀가 자신의 눈앞에 있었다.

"누, 누나…."

"오냐, 내가 네 누나이니라. 빨리 나와서 밥 먹어!"

가장 그리웠던 사람과의 재회이다. 그녀를 위해 변호사가 되었으나 정작 그녀의 복수는 사리사욕(私利私慾)에 눈이 멀어 하지 못했다.

미안했고 다시 그녀를 본 것에 감사했다.

주르륵

자신도 모르게 눈물이 흘렀다.

"태, 태훈아. 왜 그래. 무슨 일이야."

울음을 흘리는 그에게 혜지는 놀라 다가온다. 태훈은 고개를 저었다.

"누나 되게 예쁘다…."

그녀는 예쁘다. 항암치료와 여러 차례의 수술을 거치면서 쇠약해졌고 머리까지 다 빠졌던 모습은 사라졌다. 항상 가슴에 얹혀있던 그 모습이 없었다.

그의 쌩뚱 맞은 소리에 그녀는 의아한 표정을 짓다가 말없이 안아준다.

"악몽을 꾼 거야? 누나가 어떻게 되기라도 하는?"

"응. 아주 아주 무서운 악몽이었어."

"누나 여기 있잖아. 으휴, 아직 애라니까."

그녀는 태훈을 보며 빙긋 웃고는 이마에 입을 맞춘다. 항상 자신을 어린애 취급하며 이마에 입을 맞추곤 했던 사람이다. 그럴 때마다 자신은 '나도 이제 어른이거든!' 했다. 그러면 그녀는 콧방귀를 끼며 웃었다.

"자, 나가서 밥 먹자."

그녀의 따뜻한 손이 어깨에 둘러진다. 그녀의 향기가 코끝을 스친다.

사무치게 그리웠던 것이다.

❋

　부모님도 자신이 중학교 1학년 때의 모습이었다. 학교도 마찬가지였다. 자신의 중학교 1학년 때의 풍경 그대로였다. 변한 것은 전혀 없었다.
　확실해졌다. 자신은 과거로 왔다.
　또한 돌아가지 않을 것이라 생각한다. 이건 꿈이 아니다. 꿈이라고 하기에는 너무나도 생생했다.
　자신의 흐릿한 기억 속에 누나의 모습이 잊혀지지 않는다. 평소처럼 이마에 입을 맞췄던 그녀.
　그녀가 과거로 되돌려 준 것은 아닐까하는 생각을 한다.
　세상엔 기적이 있다는 걸 실감한 순간이다.
　며칠간은 공황 상태에 빠지다시피 했다. 어떻게 해야 할까 한다. 실상 아무리 그가 냉정한 사람이라고 할지라도 이러한 상황에서 침착함을 계속 유지한다는 건 쉬운 일이 아니다.
　그러나 곧 그가 결심을 하게 만드는 일이 생겼다.
　"다녀왔습니다."
　"태훈이 방에서 공부 좀 할래?"
　"네? 네."
　어머니의 말이었다.
　아버지와 어머니, 누나 세 사람이 옹기종기 모여 앉아있었다. 부모님의 얼굴은 무척 심각했다.

이때였을 것이다.

누나가 다니던 대학교를 그만두고 반도체 업체에 들어간 건 말이다. 정확한 경황은 사실 알지 못했다.

이 당시 누나는 그저 돈을 벌고 싶다고 얼버무렸을 뿐이다.

태훈은 문 앞에 찰싹 붙어 귀를 가져갔다.

방음 자체가 좋은 집이 아니었기에 귀를 가져가자 잘 들린다.

"너 아무리 그래도 대학교는 나와야지. 휴학이라니? 우리 몰래 휴학이라니 응?"

"엄마 아빠, 저도 알아요. 지금 제가 꿈만 보고 살 순 없다는 걸요."

누나는 연기자가 꿈이었다. 예쁘장한 외모. 좋은 성적. 인덕 대학교 연극영화과에 다니고 있었다.

그런 그녀가 불현듯 휴학을 한 상황이다.

"무슨 소리냐. 우리가 너 대학 하나 뒷바라지 못 해줄 거 같아?"

이때에 아버지는 허리를 다치셔서 농사를 하시지 못하게 된 상황이다.

어머니는 가정부로써 항상 전주에서 가정부를 하고 태훈보다는 조금 일찍 집으로 돌아오시곤 했다.

즉 마땅한 수입원이 없었다.

"저요, 이제 다 컸어요. 제가 배우가 되겠다는 건 이제 정말 철 없는 소리라는 것도 알고요. 그리고 태훈이도 좋은 대학 보내고 싶어요."

꾸욱

자신에 대한 언급에 태훈은 주먹을 굳세게 쥐었다.

그거였던 건가? 누나가 꿈을 포기하고 하청 업체에서 일을 시작한 게.

동생인 자신을 좋은 대학교에 보내기 위함이었던 건가?

그녀는 빠르게 상황을 인지한 것일지도 모른다. 자신이 대학교를 졸업하면 설사 배우가 된다 해도 자기 혼자 벌어먹기 힘들 정도의 수입을 수년간 낼 것이고, 이 생활이 지속된다면 태훈을 대학에 보내기에도 벅차질 것을 안 것이다.

그러고 보면 태훈을 지방이지만 법대에 보내준 것은 누나가 받은 합의금에서 나왔다.

오로지 누나는 자신을 위해 죽어서도 많은 것을 주고 간 사람이다.

"아무 말도 하지 말아주세요. 누나가 되서, 동생 더 좋은 거 입히고 좋은 거 해주고 하는 건 칭찬 받아 마땅한 일이잖아요. 저 아는 사람 통해서 인성 기업에 취직하기로 했어요. 아시죠? 인성 기업. 되게 유명하잖아요."

"흐흐흑!"

어머니의 흐느낌 소리가 들린다. 결국 누나를 막지 못하는 자신들의 가진 것 없는 현실에 그녀를 만류할 수 없으신 것이다.

"에휴… 내가 허리만 다치지 않았어도."

아버지의 한숨 또한 들린다.

그리고 태훈의 눈가에서는 뜨거운 눈물이 흘렀다.

'왜 이렇게 많은 걸 주기만 했던 거야. 걱정 마. 누난 배우가 될 거야. 그리고 난 누구보다 떳떳한 사람이 되겠어.'

그는 다짐했다.

누나의 꿈을 막지 않을 것이다.

그리고 자신 역시 누구보다 떳떳하고 강한 사람이 될 것이다.

※

자신의 나약함과 나태함을 증오하게 된 순간. 사람은 변하게 된다.

굳은 결심을 한 강태훈은 꿈을 잡았다.

서울대 법과대학.

대한민국 최고의 명문 법대.

그곳이 목표다. 그냥 일반 학생이 아니다. 수석을 목표로 잡는다.

대학교의 모든 것을 장학금으로 다니려고 마음만 먹는다면 지금의 자신은 충분히 가능했다.

학교에 온 태훈은 달라졌다.

항시 듣는 둥 마는 둥 하던 수업을 철저히 듣기 시작했다.

무척 쉬웠다. 실상 중학교 1학년 과정이 어려우면 얼마나 어렵겠는가.

기억이 나지 않는, 국사나 과학, 국어 등은 실상 다시 한 번 훑어보면 또렷이 기억이 나고 애초에 명석한 두뇌는 빠르게 습득해나갔다.

"너 요즘 약 먹었냐?"

"약? 먹었지. 인생이라는 독약."

친한 친구였던 장지훈의 말에 그는 노트에서 시선을 떼지 않고 말했다.

"하… 이상한 놈. 야, 학교 끝나고 pc방 가서 스타나 한 판 할까?"

"아니, 공부해야 돼. 미안하다."

친구인 지훈에게는 진심으로 미안한 말이었다. 그러나 인생이라는 독약을 마셔본 순간 자신의 성공만을 바라보게 되었다. 지훈은 떨떠름한 표정으로 자신의 자리로 돌아갔다.

오로지 공부, 공부, 공부만이 살 길이다.

그의 공부는 끊임없이 계속되었다.

시간은 촉박했다.

1주일 후에 기말고사다.

누나를 잡기 위해선 자신의 우수한 성적이 필요했다.

노트 위로 붉은 피가 뚝뚝 떨어진다. 공부하는 학생들은 코피가 나면 쾌감을 느낀다고 한다. '내가 이토록 노력했구나.' 라는 걸 아는 것이다.

그러나 코피가 몇 번이나 난지 태훈은 알 수 없을 정도였다. 밤낮으로 계속 공부하고 있었다.

태연하게 휴지로 닦아내고는 다시 펜을 잡는다.

서울대 법과대학을 가기 위해선 중학교 1학년인 지금도 누구보다 우월해야만 했기 때문이다

어느덧 기말고사 시험을 치루게 되었다.

모든 시험지는 술술 풀려나갔다. 하루에 2-3시간 쪽잠을 잤던 것의 효과가 나오고 있었다.

시험이 끝난 후에 그는 초조하게 달력을 보았다.

10일 후면 누나가 인성 기업에 다니기 시작한다.

그 전에 성적표가 나왔으면 하는 바램이었다.

❉

아침 종례시간 들어오는 담임의 팔에 묵직한 종이들이 들려있었다. 반 아이들은 모두가 직감했다. '성적표다.'

누군가에는 두려운 것일 거고 누군가에는 노력의 성과가 깃든 것일 거다.

담임은 앞서 반 아이들을 둘러보며 빙긋 웃었다.

"우리 반에 전교 1등이 나왔다."

"오오-"

작은 감탄이 퍼진다. 아이들의 시선은 일제히 반장에게 향한다. 안경을 끼고 전형적인 모범생 스타일의 반장은 항상 전교 2등에 그쳤다.

1학년 2반의 김재민이라는 이가 항상 반장을 누르고 했던 것이다.

실상 친구들은 반장이 드디어 김재민을 눌렀다라고 여기고 있었다.

그는 픽하고 웃으며 삐뚤어진 안경을 맞췄다.

그러나 그의 입에선 뜻밖의 이름이 나왔다.

"강태훈. 만점. 축하한다."

"……!"

아이들의 놀란 시선이 일제히 강태훈에게 향한다. 태훈은 빙긋 웃었다. 고진감래(苦盡甘來) 고성 끝에 낙이 온다.

"자, 강태훈 앞으로 나와라."

담임의 얼굴에는 자랑스럽다는 웃음이 가득했다. 태훈은 몸을 일으켜 앞으로 나섰다.

"선생님 혹시 효민이 성적을 잘못 말하신 거 아닌가요?"

반장은 믿을 수 없다는 표정으로 태훈을 보고 있었다. 그의 짝꿍인 여자아이가 대신 묻는다.

"선생님들도 놀라서 확인만 세 번 했다. 태훈이가 전교 1등이 맞고 아쉽게도 효민이 이번에 전교 3등이더구나. 너희들도 봤을 거다. 태훈이가 요즘 누구보다 열심히 공부하고 했던 모습을."

친구들은 믿을 수 없다는 모습이었지만 곧 한편으로는 수긍했다. 쉬는 시간에도 화장실 가는 것 말고는 자리에서 일어나지 않고 태훈은 공부만 했다.

친구들은 요 근래 이상해졌다고 여겼고 그 노력이 결실을 맺는 순간이다.

어쩌면 노력이란 말보다는 본래 가지고 있던 지식의 힘이 더욱 컸다. 일반적인 중학생이었다면 아무리 몇 주간 이리 공부했어도 만점을 받기란 쉽지 않았다.

"너희들도 하면 된다. 태훈이를 보고 본 받아라. 자 박수."

박수갈채(拍手喝采)가 이어졌다. 평범했던 학생에서 반 최고의 우등생으로 거듭나는 순간이었다.

"야, 너 어떻게 된 거야?"

"사람이 노력해서 안 되는 건 없어."

아침 종례가 끝나고 수업 시작 전 지훈이 놀란 표정으로 다가왔다.

"무슨 그런…."

지훈은 황당했다. 물론 그가 미친 듯이 공부만 했던 것은 알지만 단숨에 이렇게 성적이 오를 수 있긴 한 건가? 알고 보니 IQ150을 넘는 천재가 아니었던 걸까하는 의심도 선다.

"너도 공부해라, 공부해서 남 줘?"

그러고 보면 요즘 부쩍 어른스러워지기까지 했다. 말 하나에 연륜이 묻어나기까지 한다. 물론 지훈은 그것이 섭섭했다.

친구로서 멀어지는 기분이 들었기 때문이다.

자신의 성적은 제자리. 그러나 친구인 태훈은 이미 앞서 나가버렸다.

그때 교실의 문이 거칠게 열렸다.

2반의 김재민이었다.

그는 들어오자마자 빠르게 다가와 태훈의 책상을 양 손으로 거칠게 짚는다.

턱!

"너 무슨 짓이야?"

"뭐가."

재민은 화가 단단히 난 표정이다.

"너 컨닝 했냐?"

"지금 날 모함하는 거냐?"

태훈은 황당했다. 약자가 강자로 거듭나면 다른 강자들은 두려워하며 경계하기 마련이다. 더불어 자신은 그보다 항상 강하다. 라고 착각한다.

"그럼 어떻게 성적이 이렇게 변해?"

"공부했다. 미친 듯이."

"이런 개새끼가 너너, 선생님들이 네 간사한 수법을 모르셨나본데. 내가 학교에 다 까발릴 거야."

"그러든가 말든가. 해봐라."

태훈은 태평했다. 괜히 이런 녀석까지 신경 쓸 필욘 없었다. 어차피 자신이 실력인지 아닌지는 다음 시험 때 또다시 이 정도 성적을 거둔다면 결과는 나올 것이다.

"야, 김재민 졌으면 승복(承服)하고 반으로 돌아가."

되려 도움을 준 것은 반장이었다. 그는 재민을 매섭게 노려보았다. 반장도 분한 듯 하지만 남의 반 이가 들어와서 설치는 모습을 볼 순 없다는 모습이다.

"후…."

중학교 입학해서 한 번도 전교 1등을 놓쳐본 적 없는 놈이 예상 외의 인물에게 당한 것은 충격이 컸던 듯 싶다.

와당탕

발로 비어있는 의자를 차고는 재민은 나선다.

반장인 효민의 시선이 태훈에게 향했다.

그러나 그는 신경 쓰지 않고 다시 노트를 본다.

자신을 경계하고 두려워하는 놈들 신경 쓸 겨를이 없다. 자신은 계속 나아가야하니까.

❈

부모님에게 성적표를 건네 드리자 무척이나 놀라셨다. 함께 있던 누나도 눈을 비비며 성적표를 확인했다.

두 분은 너무 놀라 말을 잃으셨다. 아들 녀석이 계속 방에서 공부만 하고 있던 것을 보고 '이제 철 좀 들었나보구나.' 싶었다.

그런데 그 정도가 아니었다.

전교 1등. 그것이 태훈이 가져온 성적표다.

"엄마 아빠 저 이제 정신 차렸어요. 열심히 공부할게요."

"그, 그래 우리 태훈이가 하려면 못하는 게 없지."

형편이 어려워지고 갈수록 막막해지는 상황에서 아들 태훈의 전교 1등은 가뭄의 단비와도 같았다.

누나가 그에게 헤드락을 건다.

"이 녀석! 드디어 네가 철이 들었구나."

"아 누나 좀!"

그러나 태훈은 진지했다. 누나의 팔을 거둬냈다. 자신이 성적을 올린 이유는 누나에게 있었다.

"얼마 전에 누나하고 하시는 이야기 들었어요."

태훈의 말에 부모님과 누나는 말을 잃었다.

"누나가 왜 나 때문에 대학을 포기해? 왜 꿈을 접어."

"태훈아 지금 집안 형편이…."

누나는 당황하여 말을 흐린다. 태훈은 이 바보 같이 착했던 누나에게 처음으로 화를 낸다.

"왜 누나가 나 때문에 다 포기하려고 해!"

아무도 말이 없었다. 부모님은 못난 딸을 지켜주지 못해 미안했고 누나는 동생의 가슴을 후벼 파는 말에 가슴이 아팠다.

태훈은 성적표를 들었다.

"이 성적 계속 유지하면 어느 대학교든지 웬만해선 장학금으로 다닐 수 있어요. 저 계속 유지할 거고. 대학교가서도 우수한 사람이 될 거예요."

모두가 말이 없었다. 그러나 과연 태훈의 말에 따르는 것이 옳은 것일까 싶다.

"저 변호사가 될 거예요. 사람들 진실을 위해 일하는 변호사. 약속할게요. 누구보다 훌륭한 사람이 될 거예요. 그러니까 누나, 인성기업 가지마. 내가 훌륭한 사람이 되는 조건이야."

"그게 무슨…."

당장 곧 있으면 인성기업에 들어가서 일을 해야 할 판이었다. 누나는 이해할 수 없다는 모습이다.

"누나 간다는 곳 반도체 업체지? 내가 다 알고 있었어. 만약 누나 거기 다니면 나도 공부 지금부터 다시 놓을 거야."

이것은 협박이었다. 누나를 살리기 위한 협박. 실상 반도체 업체에서 일을 해서 백혈병이 온 건지 아님 다른 이유에선지 누나가 걸렸을 당시는 확실치 않았다.

그러나 그 후에도 계속 백혈병 환자들이 반도체 업체에서 속출했고 태훈은 그 때문에 확신이 섰다.

"반도체… 거, 거기 방사능이니 뭐니 나오고 위험한 거 만드는 곳 아니냐?"

"혜지야. 이게 무슨 말이냐."

실상 이때까지의 부모님도 누나가 단순히 인성기업의 사무직 정도로 가는 줄 알았었고 백혈병이 걸리고서야 반도체 업체 비정규직 직원이었다는 사실을 알아챘다.

부모님도 이젠 자신의 편으로 돌아설 것이다.

누나는 말을 잃었다. 일단은 누나가 휴학을 한 상태다. 차라리 다른 일을 하라며 부모님과 태훈이 설득하기 시작했다.

그녀가 반도체 업체를 선택한 이유는 돈을 많이 주기 때문이다. 태훈이 장학금을 받아 대학을 간다면 그 정도로 많은 돈을 벌 필요는 없다.

부모님과의 설득 끝에 인성기업에 나가지 않기로 했다.

대신, 다른 일을 알아보기로 그녀는 약속했다.

누나가 인성기업에 가지 않게 되었다는 것에 방으로 들어온 그는 문에 등을 기대었다.

"누나는 행복해야 해."

누구보다 행복하게 자신이 만들 것이다. 그리고 아직 끝나지 않았다.

인성기업. 대한민국 최고의 기업.

법의 무서움을 가르쳐주는 날이 오고 말 것이다.

※

누나의 예쁜 외모 탓일까. 일 하는 시간이 크지 않은 피팅 모델 아르바이트를 누나가 하게 되었다. 보수는 좋은 편이었다.

하루에 여섯 시간 정도 일하면서도 한 달에 130만원 정도의 돈을 받아왔다. 누나는 다시 내년에 대학에 재학하기로 약속했고 그 전에는 연기학원을 다니는 것으로 이야기되었다.

누나가 첫 월급을 탄 날에는 요즘 아이들이 다 가지고 다닌다는 mp3를 태훈에게 선물했다. 미래에는 이런 mp3가 고물 취급을 받지만 지금은 최신형이나 다찬가지다.

그는 그것을 자신의 가보(家寶)처럼 항상 지니고 다녔다.

밤 10시. 공부를 한참 하다 그는 밖으로 나갔다.

그리고 그는 동네를 뛰기 시작했다.

시골이었기 때문에 공기는 맑았고 쾌적했다.

서른다섯. 그때의 나이가 되고서야 건강의 중요성을 깨달았다.

돈보다도 우선인 게 건강이었다.

그리고 다른 이들보다 체구가 조금 크고 싶었다. 모든 남자는 한참 성장기 때 내가 키 크는 운동을 조금 했더라면 하고 후회하고는 한다.

태훈 역시도 마찬가지다.

훤칠한 키는 여러모로 좋았다.

30분 정도 동네 주위를 돌고 줄넘기는 40분 정도 했다.

한참 성장기이기 때문에 성장판을 자극하면 중학생 때만 계속해도 본래 키였던 172cm보다도 적어도 5cm이상은 클 것이라는 게 그의 생각이다.

다시 집으로 돌아온 그는 시간을 확인했다.

이미 한 번 빡세게 공부한 것이 있었다. 그 때문에 학교에서부터 집에 오기까지 밤 열시까지 공부에 절대적인 집중을 하고 그 후에는 취침을 취하는 편이다.

아마도 중학생 때는 이렇게 해도 될 것 같았다.

그러나 고등학교 진학 후부터는 진정한 전쟁이 시작됨으로써 수면을 많이 줄여야 할 것으로 예상된다.

씻고 침대에 누운 그는 잠을 청했다.

❋

어느덧 중학교 1학년 2학기 말이 되었다. 곧 있으면 방학이다. 1학기 기말고사 이후로 계속 그는 전교 1등을 한 번도 놓치지 않았다. 김재민이나 반의 반장인 효민이 그를 이겨보겠다고 아무리 달려들어도 그라는 산을 넘어서지 못했다.

어김없이 귀에 mp3를 꽂고 공부에 전념하고 있었다. 확실히 줄넘기는 효과가 컸다. 키가 쑥쑥 크고 있었다.

생각보다 많이 크고 있어서 본인도 놀라고 있을 정도다. 156cm이었던 키에서 지금은 162cm가 되었다.

드르륵!

그때 교실 문이 거칠게 열렸다.

흔히 어느 학교를 가도 있다. 일진의 무리. 그 일진의 무리가 들어오고 있었다.

그것도 2학년 선배들이었다.

이제 곧 3학년은 졸업하고 이 사람들이 학교의 실세가 될 것이다.

들어온 네 사람은 반 아이들을 숨죽이게 하기에 충분했다.

그 중앙에 선 열 다섯 임에도 181cm정도의 키를 가진 원대호라는 남성은 김제 지역 학교뿐만이 아니라 전주, 정읍, 임실 까지도 모르는 사람이 없을 정도로 싸움 잘한다고 소문난 싸움꾼이다.

자칭 미친개라는데, 태훈이 보기엔 다 애들 놀이일 뿐이다.

그들이 누구한테 볼 일이 있을까.

많은 이들이 이목을 집중했다. 그리고 곧 원대호가 당도한 곳은 다름 아닌 태훈의 앞이었다.

"네가 강태훈이냐?"

애석하게도 그들이 들어오는 걸 보지 못했던 태훈은 음악소리에 그의 목소리를 듣지 못했다.

'좆됐다.'

'강태훈이 학교 인생이 이렇게 조지는구나.'

친구들은 그 모습에 경악했다. 누구든 원대호의 눈에 거슬리면 한 달 만에 전학을 가버린다는 이야기가 있었다. 그 정도로 악질적인 심성을 가졌다고 한다.

"네가 강태훈이냐고."

대호의 손가락이 태훈의 한 쪽 귀에 걸린 이어폰을 빼냈다.

태훈의 시선이 돌아갔다.

명치가 보였고 시선을 올리자 익숙한 얼굴이 보였다. 원대호임을 태훈도 잘 알고 있었다.

'오 원대호다.'

그리고 미래의 원대호도 태훈이 잘 알았다. 혜성처럼 등장한 UFC계의 한국의 자존심.

지금 그가 불리는 미친개라는 이름을 미래에서도 이어나간다.

출전하자마자 챔피언 자리에 올랐던 그는 한국의 이종격투기 계의 자존심이었다.

때문에 태훈도 항상 그를 눈여겨보고는 했다. 학교에서는 일진이고 무서움의 대상이지만 추후 일진이라고 불렸던 이들 중 대표적인 성공 사례라고 생각했었기 때문이다.

친구들의 우려와는 달리 그가 자신에게 말을 건네자 오히려 반가웠다.

"네, 선배님."

태훈은 의아한 표정을 지었다.

친구들은 그의 천진난만한 표정에 '미쳤구나.'라는 모습이다.

"따라 나와라."

"네? 네."

뭔가 이상했다. 친구들의 시선도 그러했고 분위기가 심상치 않다. 그러나 두렵진 않다. 끽해야 애들이다.

법 앞에 아이들 따위 두려운 건 없었다.

그들은 태훈을 옥상으로 이끌었다.

대호는 친구들에게 턱짓한다. 그들은 옥상의 구석으로 들어가 담배 연기를 뿜어댔다.

'흐아… 나도 피고 싶다.'

이런 심각한 때에 태훈은 담배 피는 그들을 보며 시선을 떼지 못했다. 그러나 학생 신분임은 잊지 않는다.

"야."

"네."

"네가 그렇게 공부를 잘한다며?"

"그런 것 같네요."

태훈은 쓴웃음을 지었다. 아직 비록 중학교 1학년이지만 평범한 성적을 최상위권으로 올려놓은 태훈은 학교에서 나름 인지도가 있었다.

대호의 손이 품속으로 들어간다.

'뭐지? 설마 칼?'

그는 자신이 뭔가 큰 잘못을 한 적이 있나 싶었다.

NEO MODERN FANTASY & ADVENTURE

3. 그녀를 변호하다

3. 그녀를 변호하다

그러나 그가 꺼낸 것은 길쭉한 새콤달콤이었다.
"나 공부 좀 가르쳐줘라."
"무슨 말씀이시죠?"
"너 갑자기 성적 키웠다며? 그 노하우 좀 알고 싶다."
픽

태훈은 웃음을 흘렸다. 갑작스러운 성적 상승은 이러한 일도 만들어내는 듯 싶었다.
"이건 보수인가요?"
"보수라기 보단. 음, 혹시 누구 괴롭히는 새끼들 없냐?"
"그런 애들은 없고요. 그런 보수 말고 다른 게 얻고 싶어요."

전북 일대에서 미친개라고 불리는 대호에게 태훈은 흥정을 제안하고 있었다.

give and take.

"뭔데?"

그는 '하!' 하는 표정을 짓더니 들어보자는 표정이다.

"싸움 좀 가르쳐주세요."

"싸움?"

"네."

그는 다소 놀란 표정이었다. 키는 중학교 1학년 치고 큰 편 같으나 순진하게 생긴 얼굴이다.

"대신 전 공부를 가르쳐드릴게요. 궁금하지 않으세요? 전교 120등이 한 달 만에 전교 1등이 된 비결."

대호는 잠시 고민했다. 지금 그는 이종격투기를 배우고 있었고 많은 이들의 찬사(讚辭)를 받는다. 그러나 추후 자신이 유명해지면 꼴통이었다라고 불리긴 싫었다.

더불어 항상 자신 때문에 무릎 꿇던 부모님에게 사죄하고 싶은 의미로 공부를 어느 정도 해야겠다고 판단했다.

확실히 전교 120등이 1등이 된 비결은 유혹이 컸다.

"ok."

"참 새콤달콤은 사과 맛이죠."

"이 새끼 유머 있는 새끼네. 협상 완료다."

새콤달콤을 품으로 넣는 그를 보며 어이없어하는 대호

다. 생긴 거와 다르게 당찬 녀석이었다.

※

 겨울방학. 대호가 다니는 이종 격투기 체육관으로 태훈도 나오게 되었다. 스케줄을 짰다. 하루 열 여덟 시간을 깨어 있는다.
 식사 시간을 제외하면 열 다섯 시간. 그중 열 시간을 공부하기로 하였다. 중학교 과정이라 쉽지만 그는 다양한 분야의 전문 변호사를 목표로 잡는다.
 자신을 '전문'이라고 부르는 행위는 변흐사로써 자격미달이나 그 분야에 관련해 상당한 인지도가 있는 변호사를 'oo전문 변호사.'라고 부르기 마련이다.
 각자 특출 난 부분이 있기 마련이나 태훈은 과거보다 더욱 능통하고 전문적이며 다양하게 손을 뻗고 싶기에 더욱 더 법적인 지식을 쌓기 시작했다.
 그리고 다섯 시간 피 터지는 운동을 하며 세 시간을 대호를 가르친다.
 "후욱후욱."
 빠른 속도로 줄넘기를 한다. 이제 더 이상 밤에 줄넘기를 하지 않는다. 체육관에 오면 하기 때문이다.
 그리고 기초적인 동작들을 배운다.

실상 군이 원대호에게 싸움을 배우는 이유를 궁금해 하는 이가 있을 것이다.

원대호는 지금 현재 관장도 인정하는 타고난 싸움꾼이다. 싸움의 흐름 감을 알았고 강렬하고 짧은 카운터 주먹이 강하다.

더불어 다양하게 기술들을 응용시키는 그는 싸움에서만큼은 냉정했다.

태훈은 그 점을 배우고 싶었다. 싸움에서의 승리할 수 있는 방법. 자신은 UFC선수를 꿈꾸는 게 아니다. 한 번 인생을 살아보니 자기 몸 하나쯤 챙길 수 있는 운동 정도는 필요했다.

"밑으로!"

링 위 태훈이 재빠르게 대호의 양쪽 허벅지를 팔로 감싸 위로 끌어올려 넘어뜨린다.

쿵!

"암바!"

대호의 외침에 따라 기술을 걸려한다.

그 순간 그의 왼쪽 주먹이 날아온다.

주먹은 턱 바로 밑에서 멈췄다.

대호는 태훈의 의지대로 철저히 진짜 싸움에서의 승리 방법을 가르쳐주고 있었다.

"이 상태에서 넌 턱을 맞았다면 기절했을 거야."

"네."

"자, 해보자. 꼭 얼굴만을 가격할 필욘 없어. 상대방의 예상외를 항상 생각해야 돼. 공부만큼 어려운 것도 싸움이라고."

대호 얼굴로 즐거움이 비췄다. 이유는 벌써부터 수제자가 생졌다는 것이고 더불어 수제자가 상당히 빠르게 자신이 가르치는 것을 익혔다.

그는 누가 뭐라고 할 것도 없는 독종이다.

하루 다섯 시간 체육관 오는 것을 숨 몇 번만 돌리고 계속 운동, 운동, 운동이다.

그에 즐거울 수 밖에.

이번엔 대호가 하단을 잡아 바닥으로 넘어뜨린다.

"크윽."

"진짜로 할 거다. 무조건 막아!"

바닥으로 넘어뜨린 그는 팔 한쪽을 잡고 암바를 걸려한다.

태훈은 남아있는 손으로 얼굴을 가격하려 한다. 그러나 그는 가볍게 피해냈다.

'이런 씹….'

그 순간, 태훈의 변칙공격이 대호의 눈앞에 당도했다. 주먹을 피해내고 그대로 뻗어진 팔꿈치가 턱 바로 앞에서 멈춰있었다.

'위험했다.'

대호는 실감할 수 없었다. 자신은 타고난 싸움꾼이라고 불리나 태훈은 가르치는 것을 족족 흡수하는 것도 모자라서 빠른 상황 판단력도 보여준다.

재밌는 녀석이다.

"자식, 제법인데."

태훈이 손을 뻗어 일으켜 세워주자 그는 픽 웃었다.

운동이 끝난 후에는 대호의 집으로 간다. 그리고 이중 지훈도 동반했다. 대호에게 공부를 가르쳐주기로 협상되었다는 것은 전교생들은 다 아는 사실이다.

그 때문에 지훈도 성적을 올리고 싶다고 찾아왔다.

실상, 대호를 유혹 했던 120등이 1등이 되는 비법 같은 건 없었다.

사람은 우습다.

'자신은 안 된다.'

라고 처음 머리가 인식하면 그로 인해 시작도 못한다.

'너도 하면 된다.'를 인식시키는 순간. 그것은 재미가 되고 하고 싶어지게 되기 마련이다.

지훈과 대호는 열심히 공부했고 태훈이 하는 일은 공부

하는 그들과 함께 법전이나 혹은 다른 공부를 하며 모르는 것을 물을 때 알려주는 것 뿐이었다.

그리고 대호가 3학년이 되고 태훈이 2학년이 되었다.

첫 중간고사에서 대호의 성적은 40등이 올랐다. 지훈은 60등이 올랐다.

두 사람 모두 눈에 띄는 성적 상승이었기 때문에 '하면 된다'를 크게 실감했다.

두 사람이 더욱 공부에 불이 붙을 것이 뻔히 보였기 때문에 태훈은 피곤할 것 같다는 듯 픽하고 웃으며 그들을 축하해주었다.

지훈은 눈물까지 질질 짰다.

"흐흑, 엄마가 보면 좋아하시겠지?"

녀석은 어머니와 단 둘이 살고 있다.

"그래, 자식아. 봐 하면 되잖냐."

"흐."

그는 가슴에 성적표를 꼭 끌어안기까지 한다. 노력의 결과물. 그것은 모두를 즐겁게 만들기에 충분했다.

❋

중학교 3학년 열여섯. 태훈의 키가 176cm가 되던 때이다. 기존의 이때의 나이 때보다 7cm는 더욱 큰 키였다. 변화는 많은 곳에서 이뤄졌다.

일단 대호와 눈에 띄게 친해졌다. 현재는 졸업한 상태이고 전북 체육고등학교에 진학한 그였지만 그 친분은 여전히 두터운 편이고 요즘 잘 만나진 못해도 그는 운동도 열심히 이지만 공부도 여념 하는 걸로 안다.

지내보니 사람들 소문처럼 나쁜 사람이 아니다.

아무래도 대호와 태훈이 친했기에 주위의 그 어떤 일진 무리도 태훈을 건들지 못한다.

실상 태훈이 공부를 가르치는 조건으로 운동을 하는 사실은 아이들은 모르나 일진의 아이들은 태훈을 털끝도 못 건드리게 된 것이다.

그 등 뒤에 원대호라는 '미친개'가 있기 때문이다.

태훈은 현재까지도 전교 1등을 한 번도 놓친 적이 없었고 공부를 시작한 지훈은 어느덧 전교 20등까지 격차를 좁혀왔다.

변화는 학교에서 뿐만이 아니었다.

피팅 모델로써 아르바이트를 하였던 누나는 다시 학교에 재학했으며 피팅 모델로 활동하던 그녀를 어느 순간 인터넷에서는 '인터넷 얼짱'이란 수식어로 불렀다.

쇼핑몰 사이트의 매출은 폭등했고 그녀의 몸 값도 올랐다.

이젠 한 달에 2-3시간만 피팅 모델을 해도 그녀는 200

이상의 수익을 낼 수 있었다.

 대학도 다니고 피팅 모델도 하게 된 그녀는 더욱 연기공부에 박차를 가하고 있었고 얼마 전에는 교수로부터 추천서를 받아 단역으로지만 드라마에 출연할 예정이기도 했다.

 모두 수월하게 일이 진행되고 있다.

 "태훈아."

 "응?"

 반 아이 중 김지혜라는 여자아이가 있었다. 무척 예쁜 아이로 전교에서도 유명하다. 근데 우스운 건 일진의 무리들과 어울리는 아이라는 사실이었다.

 그렇지만 착한 아이였다. 사람을 깔보려 하지 않았고 일진 같지도 않았다.

 또 웃을 때 반달이 되는 눈은 남자 아이들을 홀리기 충분했다.

 그러한 김지혜는 안타까운 사건의 희생자였기도 하다.

 정확한 정황은 잘 알지 못했다.

 그녀의 자살 소식을 전해들은 것은 고등학교 3학년 때였다.

 고등학교 1학년. 태훈은 누나의 죽음을 접하고 미친 듯이 공부에 임하기 시작했다.

 대인관계(對人關係)는 전부 무너졌고 말을 걸어오는 이조차도 없었다.

그리고 그녀는 다른 학교에 진학을 했고 상당히 친했다. 라고는 할 수 없었기에 그 후 관심을 두진 않았다.

그런데 불현듯 고등학교 3학년 다른 이들로부터 그녀가 고등학교 1학년 전라도 광주에 있는 고등학교 진학 후 자살을 했다는 소식을 접했다.

아무래도 그녀가 전라도 광주로 갔기에 아이들도 세세한 정황은 알지 못했다.

그리고 누나를 위해 다졌던 실력을 보일 날이 며칠 남지 않았던 때였기에 일부러 다른 이들에게 그 이유를 캐거나 조사하진 않았다.

그때는 그렇게 냉정하고 잔혹했다. 누나의 죽음 뒤에 자신은 누군가를 그리워하거나 불쌍해하고 사건 조사를 할 만큼 여력은 없었으니까.

간략하게 아는 것은 '성'에 관련한 일에 휘말린 것으로 안다.

그 외에 아는 것이라고는 크게 없는 상황이었다.

"나 이거 좀 가르쳐 줘."

"그래."

자주 아이들이 수학이나 영어 등 모르는 문제를 묻곤 한다. 귀찮기는 하지만 곧잘 알려주고는 했다.

"고마워."

그녀가 빙긋 웃었다. 태훈도 쓰게 웃어 주었다. 자리로

돌아간 그녀를 태훈은 뒤돌아본다.

우스운 말이지만 그녀가 어떤 식으로 일을 겪는지는 태훈은 전혀 모른다.

그렇다고 그녀의 일거수일투족을 감시 할 만큼 자신은 한가하지 않았으며 그녀가 일을 겪을 것을 아는 것처럼 행동하며 막아서는 행위는 더욱 이상하다.

차라리 일단은 지켜보고 도움이 필요하다 싶으면 도와주는 게 나을 것 같다는 생각이 선다.

그리고 만약 그러지 못하고 고등학교에 서로가 진학한다면 한 번쯤은 그녀와 진중한 이야기를 해볼까한다.

※

가을이 되었다. 날씨가 쌀쌀하다.

김제는 딱히 시내가 없기에 전주 객사에 나왔다. 방구석에 박혀서 공부만 하고 요즘 아이들처럼 꾸밈도 멋도 없다며 주말을 틈타 서울의 기숙사에서 잠시 내려온 누나는 오자마자 태훈의 뒷목을 잡고는 끌고 갔다.

"사람이 방구석에 앉아서 공부만 하고 말이야. 요즘 애들 봐 얼마나 예쁘게 꾸미니."

팔짱을 끼고 함께 걷는 누나의 입은 쉴 새 없이 잔소리로 이어졌다. 우스운 점은 지나가는 남자들은 누나와 함께 있는 태훈을 부러움의 시선으로 본다는 거다.

정작 태훈은 잔소리에 죽을 맛인데 말이다.

"어, 이 옷 예쁘다."

지나가다 옷가게 안의 옷을 본 그녀는 들어간다. 당장 죽을 것 같은 이유 중 하나가 추가다.

벌써 두 시간 째 아이쇼핑을 하며 돌아다니고 있다. 태훈 옷을 사주겠다는 건지 자기가 입을 옷을 사겠다는 건지.

그래도 행복하다. 그녀가 건강하다. 이걸로 인성 기업 반도체 업체로 인한 백혈병 사고가 맞음이 확실해졌다.

태훈의 부탁에 누나는 일 년 마다 정기적인 건강검진을 받고 있었다.

가족이 조금 의아하게 생각하긴 했다.

아버지나 어머니보다 아직 한참 젊은 누나의 건강검진을 계속 걱정했기 때문이다. 부모님이 서운해 하시고는 했지만 태훈이 아는 부모님은 정정하신 분들이었다.

"어디보자."

상의 한 벌을 가져와 태훈에게 그녀는 한 번 대본다.

"에이, 얼굴이 아니라서 옷도 안 받네."

"뭐?"

"왜? 누나가 뭐 잘못 말했니? 호호. 우리 태훈이는 비율은 좋은데, 이거이거 이게 별로야."

누나는 장난스럽게 말한다. 실상 태훈도 누나의 핏줄이라 성인이 되었을 때는 미남이란 소리를 많이 들었다.

"응?"

다시 옷을 들척이는 그녀를 보며 한숨을 쉬다 가게 밖으로 지나가는 익숙한 얼굴에 태훈은 본인도 모르게 뛰어나갔다.

"야, 너 어디…."

딸랑

누나의 목소리가 끝나기 전 이미 태훈은 가게 밖을 나서서 쫓고 있었다.

"찾았다."

사람이 꽤 많았기에 눈을 꽤 굴렸다. 그러나 곧 찾아냈다.

눈에 익은 체구. 기다란 생머리.

김지혜였다.

그녀 혼자만 있었다면 태훈은 그런가보다 하며 인사나 했을 것이다.

그녀의 옆에는 어떠한 남성이 함께 서 있다.

마흔 살 초반 정도였다.

아버지는 아니다. 그녀는 할머니와 단 둘이 살고 있는 기초수급자이다.

딱히 다른 친척이나 의존할 어른들은 없는 걸로 안다.

분명 이상하다.

저 사람과 관련해서 일이 터졌다는 걸 직감적으로 알 수 있다.

일단은 뒤 쫓자고 여겼다.

-예수님 찬양! 예수님 찬양! 예수님 찬양 합시다!

예수님의 거룩한 자녀이신 어머니께서 바꿔놓은 전화벨이 울렸다. 안 봐도 안다. 누나다. 미안하긴 했으나 서둘러 종료했다.

두 사람을 미행하기 시작했다.

거의 반 확실해졌다. 그 일에 휘말리기 시작한 것이 중학교 3학년 시기였다는 것이 말이다.

그러고 보면 요즘 어두워진 기색이 있는 것 같기도 하다.

그렇다고 자신이 '무슨 일 있어?' 하는 것도 이상하다.

태훈은 확신했다.

스폰서다.

남성은 스폰서였다. 즉 지혜와 관계를 하는 조건으로 월 얼마의 돈을 지급하는 관계가 분명했다.

'스폰서라….'

대게 스폰서는 위험하다. 다르게는 원조교제 자체가 위험하다. 어른들은 아이들보다 치밀하고 욕심이 많았다.

그는 그녀를 죽음으로 몰고 갔을 상황을 추측해본다.

스폰서는 돈을 주며 관계를 가지고 연애를 했을 것이다.

그러나 차차 시간이 지날수록 스폰서는 돈이 아까워질 것이다.

사람이라는 존재가 그러하다.

그리고 어느 순간, 그것은 협박이 되거나 강압이 되어 그녀를 옭아매었을 것으로 가장 먼저 추정된다.

일단은 그저 말없이 계속 쫓는다.

그러던 중 갑작스레 두 사람이 몸을 돌렸다. 일정한 거리를 두고 있었지만 갑자기 몸을 돌리자 태훈과 지혜의 눈이 마주쳤다.

그녀의 눈이 커졌다.

순간 봤다.

그녀가 남성의 옆구리를 툭 쳤다.

그녀는 아무 일도 없던 것처럼 웃는다.

"태훈아. 여긴 웬 일이야?"

"우리 지혜 학생 친구인가보네."

남성은 그녀를 부르는 목소리에 친근감을 넣는다.

"안녕하세요. 누구셔?"

"우리 할머니 아시는 분."

"아…."

그녀는 태연하게 얼버무렸다. 너무 당당했다. 김제와 전주는 가깝다. 두 사람이 함께 걷는 걸 자신 말고도 많은 사람들이 봤을 터. 항상 이런 식이었나보다.

"혼자 왔어?"

"아니, 누나랑."

"그 예쁘다는 누나 분? 어디 계셔? 인사라도."

"아냐, 잠깐 나 버리고 어디 갔어."

정작 버린 건 자신이라 뜨끔했다.

"그럼 학교에서 보자."

"응."

서로가 손을 흔든다.

그리고 몸을 돌리는 척 하면서 다시 쫓는다.

학교에서 보긴 개뿔.

오히려 좋게 되었다. 더욱 빠르게 개입해도 이상하게 볼 것이 이젠 없었다.

자신이 사건 현장을 목격했고 반 친구로써 인도하면 되는 것이다.

❁

그들도 생각이 있기에 시내에서는 모텔에 가는 행위는 하지 않았다. 누군가라도 본다면 분명 꼬투리가 잡힐 터. 웬만해선 남성의 집이나 차를 이용할 것이다.

두 사람은 다행이도 시내에서 헤어졌고 태훈은 뒤따른다.

그녀의 어깨 위로 태훈의 손이 올라갔다.

"태훈아…."

"따라와."

그는 그녀를 이끌었다. 태훈의 표정에서 그녀는 알았다. 모든 일이 들통 났다는 사실을 말이다.

그녀도 태훈을 만나고 무척 놀랐다. 태훈의 눈매는 예리했고 날카로웠다. 그가 믿지 않는 것 같다는 눈치를 받긴 했었다.

두 사람이 함께 카페로 이동했다.

"스폰서지?"

그녀는 수긍도 부정도 하지 않는다. 확실했다.

"빨리 그 사람과의 관계 그만 둬."

태훈은 딱 잘라 말했다. 자신도 사법고시를 합격했고 연수원에서 2년간의 과정을 마친 사람이다.

검사는 아니었어도 정의(正意)를 배운 사람이다.

그녀의 행동은 옳지 못했다.

그러나 역시 언급했듯 검사는 아니었기에 그녀를 처벌하고자 추궁할 필요는 느끼지 못했다.

오로지 반 친구로서 그녀가 극악까지 달하지 않게 도와줄 뿐이다.

그녀는 한참이나 말이 없다. 변호사로 살았던 태훈은 어느 정도 사람의 심리를 읽을 줄 안다.

현재 그녀는 태훈이 남에게 말하면 어쩌지.

이 사실이 학교에 알려지면 어떡할까.

하는 고민으로 가득 차 있을 것이다.

"아무한테도 말 안 해. 그러니까 조용히 네 선에서 끝내."

그리고 태훈은 확신에 찬 음성으로 답해줬다.

그러나 여전히 그녀의 표정이 변하지 않았다.

'시팔… 진행형이었네.'

빌어먹을 상황이다. 이미 남성은 뭔가를 이용해 그녀를 잡고 있는 것으로 추정된다.

머릿속으로 여러 가지의 판례들이 수두룩하게 스쳐지나간다.

"나도 그러고 싶은데 그 사람이 놔주질 않아."

예상이 현실이 된다.

태훈은 한숨을 쉬었다.

"내가 어떤 사람 같아?"

태훈은 뜬금없이 묻는다. 이미 상대방 남성은 진행형. 그리고 그녀는 현재 무척 불안한 상황일 것이다. 그녀도 헤어 나오고 싶을 터다.

지혜는 생각한다.

좋은 아이. 모범생. 예상외의 멋도 가지고 있는 아이.

나쁜 아이는 아니라는 게 통괄적인 판단이다.

"날 믿어. 말해봐 무슨 일이 있었어."

변호를 하기 위해서든 뭘 위해서든 상대방은 거짓 없이 모든 걸 말해야했다. 그래야 모든 일을 해결할 수 있는 실마리가 풀린다.

엉켜진 실마리를 풀기 위해 그녀의 입이 한 시간만의 설득 끝에 풀린다.

❈

빌어먹을 일이었다. 변호사는 항시 사건이 발생하면 여러 가지 상황을 분석하고 생각해본다. 그런데 상대방 남성의 직업이 여기에서 불찰을 일으켰다.

평범한 회사원이거나 돈 좀 많은 사업가 정도나 될까 싶더니 조그마한 법률 사무소를 운영하는 변호사라고 한다.

기가 막히고 코가 막힐 노릇이다.

법과 정의(正意)를 배운 변호사가 김지혜를 첫 관계 당시 동영상 촬영 후 그것을 빌미로 계속 협박하고 있다고 한다.

첫 관계 당시, 관계를 했던 그녀는 결국 '이건 아니야.'라고 판단했고 그와의 연락을 끊으려 했다고 한다. 그러나 남성은 직접 자신을 찾아와 동영상을 보여주고 협박한 것이다.

'만나지 않으면 이것을 학교에 뿌리겠다.'

전형적인 협박이다. 절대 생각 없는 사람이 아니고서는 뿌리지 못한다.

그러나 사람의 심리는 '혹시나'에 기댄다.

혹시나 정말 밝혀지면.

혹시나 누가 정말 안다면. 나는 끝이야.

이것이 사람을 궁지로 몰아넣는다. 사람의 심리를 가장 잘 아는 직업을 가진 남성이 그 심리를 이용해 미성년자. 이제 겨우 열 여 섯 살을 강제 추행하고 협박했다.

일단 카페에서 몸을 일으켰다.

같은 김제에 거주 중이었기에 버스를 함께 타고 가다 내린다.

칠흑 같은 어둠이 어느새 다가왔다.

"데려다 줄게."

"그럴 필요 까지는…."

"이야기 할 게 남아서 그래."

이야기는 모두 들었다.

그러나 아직 끝나지 않았다. 함께 그녀의 집 쪽으로 걷는다. 태훈은 잠시 말이 없었다.

한숨이 나오는 상황이다.

"앞으로 어떻게 할래? 네 선에서 해결할 수 있을 거라고 생각하니?"

그녀는 말이 없었다. 지혜가 만나본 남성은 쉽게 놔줄 사람이 아니다. 악착같고 잔인하고 자신에 대한 배려 따위는 없다.

그저 자신의 성적 쾌락의 대상으로 자신을 잡았다.

"내가 해결해 줄 수 있어. 간단하게."

그녀는 상당히 놀란 표정이 되었다.

고작 중학교 3학년인 그가 간단히 해결할 수 있다고 말한다.

어린 나이의 허황된 자만일까.

아니면 정말 그렇다고 생각 하는 걸까.

후자가 더 짙은 향이 난다고 그녀는 판단한다.

태훈은 무척 어른스러운 아이였고 신비한 매력을 품은 아이이다.

어쩌면 이 아이라면 정말 그럴 수도 있지 않을까 싶다.

"어떻게…?"

"이 입으로."

그녀의 물음에 태훈은 픽 웃는다.

아직 대답은 하지 않는다. 괜히 일이 틀어지지는 않을까 하는 걱정을 하는 거다.

대답은 다음에 듣기로 한다.

그녀의 집 앞에 도착했다.

허름했다. 태훈의 집보다도 훨씬 더.

그리고 그 안에서는 콜록거리는 기침 소리가 난다.

환경은 사람을 변화시킨다.

원해서 성을 파는 사람은 없다.

그녀가 대문을 열고 들어가고 태훈은 그제서야 몸을 돌린다.

"후우."

그는 머리를 털더니 그제야 시간을 확인하기 위해 습관적으로 휴대폰을 열었다가 자신이 전원을 꺼놓은 걸 알 수 있었다.

"좆됐다."

이제야 알았다. 누나를 시내에 버리고 왔다. 물론 다 큰 성인이니 어련히 오겠지만 자신은 집에 가면 헤드락을 한 시간 동안 당하고 잔소리를 또 한 시간 당할 것이다.

❉

지혜는 결국 태훈에게 도움을 요청했다. 담임 교사. 혹은 몸이 편찮아 누워계신 할머니. 또 다르게는 법률 상담소. 어디도 그녀에게 적합지 않다.

담임교사는 경찰에 신고하자고 할 터. 그렇다면 지혜 또한 수사를 받고 죄 값을 받는다.

할머니. 몸 편찮으신 할머니에게는 더욱 큰 충격으로 다가올 것이고 실상 변하는 것이 있을까?

법률 상담소. 무료 상담소도 있으나 사건을 크게 키우려고 할지도 모른다. 무료 상담소는 대부분 견성으로 운영하고 일반 법률 상담소는 그녀가 감당하기엔 벅차다.

결국 그녀가 택할 수 있는 사람은 강태흔. 학교 최고의 우등생. 그였다.

현재 그녀는 태훈에게 의뢰를 한 상황이고 태훈은 의뢰인의 입장을 모두 받아들여 그녀의 최선만을 생각한다.

그것이 변호사다. 의뢰인이 무슨 죄를 지었던 무슨 피해를 당했던 의뢰인의 최선만을 생각하는 게 변호인이다.

물론 아직 열 여섯. 애들 장난 같겠지만 엄연히 변호사였었던 태훈은 가볍게 넘기지 않는다.

집으로 돌아와 인터넷과 서적 등을 뒤지며 판례들을 찾는다. 이와 비슷한 일들을 찾고 재판장의 판결문도 뒤졌다.

앞서 변호사끼리의 대립에서는 빈틈 따위는 존재할 수 없었다.

물론 100% 자신들 쪽이 이긴다.

그러나 꼬투리 자체를 잡을 틈을 주어서는 안 된다.

밤 늦은 시간이 되고서야 태훈은 잠에 빠져든다.

내일은 지혜와 함께 그 남성을 만나러 가기로 했다.

이런 식의 일은 자신도 처음이다.

또한 열여섯. 어린 소년의 몸으로 변호사와 대립하게 될 줄은 꿈에도 몰랐다.

❊

학교가 끝나고 시외버스를 타고 전주로 넘어왔다. 실상 지혜는 아직까지 태훈이 생각하는 그 묘수를 알지는 못했다. 단지, 태훈은 모든 것을 거짓 없이 자신에게 토로해야 승리한다고 언급했을 뿐이다.
-김종만 법률사무소
간판을 올려다보며 태훈은 픽 웃는다.
당장이라도 '법률 사무소'라는 간판을 떼어버리고 싶다.
"잠깐만."
그녀는 긴장한 것인지 문을 열려고 하자 가슴에 손을 얹은 채 호흡을 고른다. 잠시 기다려준다.
고개를 끄덕인다.
노크를 하고 문을 열고 들어간다.
"안녕하세요."
"무슨 일로… 아 지혜 왔구나. 저번에 봤던 친구 분이고."
"예."

처음부터 공격적으로 들어갈 생각은 없었다.

그는 태훈이 그녀와 함께 오자 다소 당혹한 듯 했지만 소파에 앉은 두 사람에게 음료까지 건네는 친절함을 보인다.

가게는 크지 않았다. 1인이 운영하기에 적합해 보인다.

"지혜하고 많이 친하신가요? 하하, 저희 지혜 학교에서 어떤 나쁜 녀석들이 괴롭히진 않을까 걱정이 많아요. 워낙 예쁘고 심성이 고운 아이라서요. 학교에서 잘 좀 부탁해요."

"네, 그 나쁜 녀석들 제가 아주 혼쭐을 내줄게요."

법 앞에서 거짓을 말하는 사람은 실제 구분이 어렵다. 한때 판사 11명을 두고 진실을 말하는 자를 선별해보라라는 실험을 한 적이 있다.

놀랍게도 단 3명의 판사만이 진실을 말한 이를 찾아내고 모두 거짓이었다.

그만큼 사람을 죽이기도 살리기도 하는 형량을 주는 판사도 실제 거짓을 논하는 이들을 구별하긴 어렵다는 것이다.

그처럼 앞의 김종만 역시도 능청스러웠다.

정말 다른 이들이 본다면 기초수급자인 지혜에게 도움을 주는 성실한 변호사로 보일 것이다.

"사실 저도 법 공부를 조금 하고 있거든요. 변호사가 되려고요."

"이야, 변호사요? 하하 성적이 좋으신가보네."

그의 눈은 활기를 띠었다.

같은 직종을 지향하는 이를 만나는 것은 공감대가 형성된다.

"듣기론 연수원 들어가면 모의재판도 되게 많이 해본다더군요."

"이야, 그것까지 알아요? 기억이 새록 새록하네."

"그래서 저도 한 번 모의재판의 변호사처럼 연습하려고요."

태훈은 빙긋 웃었다.

종만은 말뜻을 이해 못했다. 그리고 그는 말아 올라가는 태훈의 입꼬리를 발견했다.

종만은 불길함을 직시했다.

지혜를 보았다.

"너…"

"그렇게 위협적으로 쳐다보지 마시죠."

"애들 장난이라도 하겠다는 거야?"

종만은 태훈을 보며 으르렁거렸다. 실상 법을 공부하고 있다는 어린 소년 따위가 '모의재판' 운운 하자 그는 기가 찼다. 변호사라는 이름은 그렇게 가벼운 이름이 아니다.

"무시하지 마시죠. 그쪽보다는 법을 더 잘 알고, 잘 이용할 수도 있다는 걸 아셔야죠."

태훈은 날카로웠다.

종만은 순간 울컥하고 쏟아내려던 화를 집어넣었다.

자신이 지금 화를 내어선 안 된다.

오히려 그렇게 되었다가는 자신이 진다.

종만은 앞에 지혜와 함께 앉은 소년에게서 묵직한 무언가를 보았다. 그것은 실제 변호사의 눈과 같이 날카롭고 의뢰인을 위한 헌신(獻身)이 보였다.

"그래, 미안하다. 무슨 말을 하려는 지는 다 알겠어."

그는 수긍한다.

지혜는 놀란 표정이다. 그렇게 기고만장했던 사람이 한 순간에 꺾였다.

당연했다. 지혜가 학교에 동영상과 소문이 퍼질까 두려웠던 것과 같이 범죄를 저지른 범죄자들은 협박 혹은 도둑질을 하면서도 '들키진 않을까.' 두려워 하기 마련이다.

지혜를 탐하면서도 내심 두려웠을 것이고 서서히 그 강도가 올라가 끝내 그녀가 자살한 사건으로 변질 되었을 것이 분명하다.

그러나 이렇게 제 3자의 개입은 그를 꺾기 충분하다.

"나도 내가 왜 그랬는지는 모르겠구나. 정말 미안해. 내가 정말 미안하다."

그는 천천히 몸을 숙여 지혜의 앞에서 무릎을 꿇는다.

수차례의 협박을 동반한 성관계.

얼렁뚱땅 태훈이 어리다고 해서 그냥 넘어가려고 하는 기색이 보인다.

태훈은 콧방귀를 낀다.

"그 정도로 끝날 거라고 생각하시나요? 아동청소년 성보호 법에 의하면 김종만 변호사님은 협박으로 아동 청소년을 강간한 것과 다름이 없으며 5년 이상 징역 혹은 무기징역을 선고받으실 수 있고 또한 동영상 촬영은 아동청소년 성보호법 11조에 의해 불법 제작 된 혐의를 인정받아 이 역시 비슷한 형량에 의해 처벌되겠죠. 덧붙여 처음 지혜를 만났을 당시 미성년자인 그녀의 성을 산 행위는 제14조에 의해 5년 이상의 유기징역에 처한다. 라고 되어있습니다."

속사포 같이 이어지는 태훈의 법령에 종만은 눈을 크게 떴다. 분위기가 다른 녀석이라고 하였더니 보통 놈이 아니다.

더불어 그 말투에서 실제 변호사와 같은 기운이 풍겼다.

아무리 흉내 내려고 해도 흉내 낼 수 없는 그것!

그것을 앞의 소년이 발산하고 있었다.

지혜 역시도 눈을 크게 떴다.

그가 학교에서 법전 공부를 하고 있던 것은 자주 보았다. 그러나 그 방법이 법으로 김종만의 목을 조른다는 것인지는 몰랐었다.

"이에 가중처벌 받으실 수 있음을 변호사님이시니 잘 아실 겁니다."

태훈은 기세등등했다.

그것도 잠시 김종만은 픽하고 웃음을 흘렸다.

태훈의 입가가 씰룩인다.

"조사 많이 했네. 학생. 후, 안 먹히네."

종만은 몸을 일으켜 무릎을 털며 웃는다.

그는 지혜와 태훈을 보곤 어이가 없다는 모습으로 양 팔짱을 꼈다.

"그래서 나보고 어쩌라고?"

태훈은 눈살을 찌푸렸다.

"재판이라도 할까? 어떻게? 지혜의 유일한 혈육은 할머니인데, 그 편찮으신 몸으로 법정에 서서 '저놈은 나쁜 놈이니 처벌해주세요!' 외치고 나는 '어헉! 죄송합니다!' 라도 해야 되나? 그런데 이거 어쩌나. 너도 법 어긴 거야. 먼저 몸 팔자고 덤빈 건 너라고. 문자라도 보여줘?"

이야기는 들었다. 채팅 사이트에서 만났고 앞서 종만이 먼저 성매매 제시를 한 것이 아니라 지혜의 형편이 너무 극악으로 치달은 상태라 성을 팔자는 생각에 성매매를 유도한 것이다.

태훈은 턱을 어루만졌다.

종만은 기세등등하다.

"지혜야. 소년원 가고 싶냐? 그래! 처벌 받자! 뭐가 무섭냐. 우리 둘이 같이 손잡고 재판 받는 거지 뭐. 그런데 그렇게 되면 할머니는? 너 소년원 가면 너희 할머니는 어쩔 건데?"

그러나 종만은 큰 착각을 하고 있다.

태훈이 단순히 성보호법에 관련해 공부하고 와서 그걸로 덤벼든다고 여긴 모양이다.

"소년원? 어이가 없네."

태훈이 픽하고 웃자 종만의 시선이 그에게 향했다.

지혜는 소년원이라는 말에 덜컥 겁을 먹은 모습이다.

"그렇게 소년원 전부 가면. 대한민국 학생들 30%는 소년원에 있겠네요."

소년원은 그렇게 쉽게 가는 곳이 아니다. 가중처벌, 혹은 형량 자체가 무거운 죄를 지었을 때이다.

종만의 동공이 커졌다.

당황한 기색이 역력하다. 소년원으로 겁을 주려 했으나 먹히지 않는다.

"몸 편찮으신 할머니는 금치산자로 구별될 것이며 그에 대해 법정 대리인 역할을 수행할 수 없죠."

결국 태훈의 입에서 나온 말에 종만은 가슴이 덜컹했다.

"후견인의 선정은 피후견인을 위한 선정이죠. 법정에 대신 설 혈육관계가 없다라는 점은 비소송을 걸어 후견인을 선정하면 그만입니다."

태훈은 숨을 한 번 골랐다.

"또한 기초수급자인 지혜는 생활 여건을 증명할 자료들이 얼마든지 있습니다. 그리고 초범이기까지해요. 정상 참작 될 것이고 끽해야 기소유예, 벌금형이나 맞겠죠. 그런데 그쪽은요?"

"......"

김종만은 할 말을 잃었다. 더 이상 반문할 수 없었다.

순수히 지혜의 잘못이 2라면 종만의 잘못은 8이다.

더불어 그가 지은 형량은 무거운 것들 위주다.

가진 자들은 잃은 것 없는 자들과의 싸움을 두려워한다.

그들은 많은 것을 가졌지만 잃을 것 없는 자들은 아무리 싸워도 잃을게 없기 때문이다.

김종만은 변호사 자격증을 박탈 당하게 것이다.

그리고 징역을 면치 못할 것이며 법원은 그가 법을 배운 변호사라는 점, 그가 벌인 죄의 죄질이 치밀하고 악질적이라는 점을 적용해 가중 처벌하여 최소 8년 이상을 감옥에서 썩게 될 거다.

벌금 100만원vs변호사 인생의 모든 것과 징역.

그것이 대립한 순간

김종만은 고개를 숙였다.

"미, 미안하다 정말 미안해. 응? 내가 잘못했어."

굽신거리며 태훈의 팔을 잡는다.

"사과할 쪽은 제가 아닌 것 같은데요."

"지혜야, 내가 정말 미안하다. 응? 한번만 용서해주라. 제발 한 번만. 부탁이다."

그는 사정사정한다. 그녀는 여전히 태훈을 보고 있었다. 그는 너무나도 가볍게 변호사를 짓눌러 버렸다. 그러나 아직 어린 지혜가 보았기에 태훈이 대단해 보이는 것이지 실제 변호사들끼리였더라면 종만은 기고만장한 모습을 보이지도 못했을 것이다.

일단 태훈은 지혜와 밖으로 나섰다. 일주일 후 다시 찾아오겠다. 라고 했다.

"만약 그 전에 동영상을 유포하거나 하면 어떡하지?"

"못해. 유포되거나 하면 죄는 더 가중처벌 하게 되거든. 그걸 누구보다 잘 아는 양반이 그러겠어?"

태훈이 일부러 실제 경찰서에 먼저 신고하지 않고 한 이유는 그래서는 지혜에게 남는 것도 크게 좋을 것도 없기 때문이다.

그녀도 사회봉사든 뭐든 해서 죄 값이 떨어질 테고 그렇게 되면 학교에 소문이 날지도 몰랐다.

변호인은 정의(正意)를 위한 사람이고 진실을 가리는 사람이지만 의뢰인을 최우선으로 생각하는 사람이다. 세상 모두가 의뢰인에게 고개를 돌렸어도 그의 이야기를 들어주는 사람은 변호인이어야 한다.

그 때문에 무모하지만 경찰에 신고가 아닌 정면돌파를 선택한 것이다.

"배고프다. 밥 좀 사주면 안 돼. 나 기운 빠진다."

태훈은 배를 어루만진다. 순간 지혜는 웃음이 터져 나온다. 방금 전 사무실 안에서의 모습은 정말 변호사를 보듯 했지만 이렇게 보면 열여섯 소년에 불과한 것 같기도 하다.

아무튼. 그는 멋있다.

합의가 이뤄졌다. 김종만은 지혜에게 2천만 원에 합의를 봤다. 현재 연도는 2001년이었다. 이 당시의 2천만 원이라는 돈은 그가 있던 때의 4천 만 원을 웃도는 돈이지 않은가 싶다.

괜찮은 금액이다.

범죄자와의 타협이 말이 안 되긴 하나 어쩔 수 없는 현실이다. 더 이상 김종만은 그녀에게 협박할 수 없다. 동영상은 두 사람이 보는 앞에서 삭제 하였고 혹여 숨겨둔 파일로 업로드 할 시 합의는 무산되며 그대로 법적으로 나가게 될 것이다.

바보가 아닌 이상 김종만은 묵언할 것이다.

평생의 인생과 2천만 원을 바꿀 바보는 없다.

지혜는 태훈에게 무척 고마워했다.

그렇지만 태훈은 학교에서 이 일에 관한 언급이 나오는 걸 원치 않았고 그녀 역시 마찬가지다.

그녀는 한 번은 태훈에게 '이 은혜를 갚고 싶어. 변호사들에겐 선임비가 있다던데…' 하며 금전적인 보상을 합의금의 일부로 조심스레 꺼내기도 했다.

태훈은 픽 웃었다.

돈을 받으면 좋지만 그녀 형편도 말이 아니었다. 이번에 합의금 덕택에 그녀의 할머니가 수술 받을 수 있는 돈이 마련되었다.

기초수급자에게 지원되는 금액은 한 없이 작다. 생활비도 빠듯한 아이이다.

'너 저번에 밥 사줬잖아. 그거 수임료 아니었어?'

라고 대충 얼버무렸다.

그러나 문제는 여기에서 끝이 아닌가보다.

가끔 등교하면 책상위로 편지와 먹을 것이 있었다.

저번에는 음악 CD가 있기도 했다.

또 빼빼로 데이가 되었을 땐 빼빼로가 한 가득 책상 위에 쌓였다.

반 아이들은 정체모를 여자아이에 궁금해 했다.

그러나 태훈은 짐작이 갔다.

중학교 3학년 겨울방학 당일 날.

방학식이 끝나고 지혜와 옥상으로 왔다.

그녀는 기대하는 눈치였다. 바보가 아닌 이상 태훈이 자신이 그 '선물'의 주인임을 알지 못할 리는 없다고 여겼다.

그녀는 수줍은 미소를 지었다.

그러나 태훈은 씁쓸한 웃음을 짓는다.

"미안하다. 난 연애 같은 거 할 겨를이 없어."

"…차는 거야?"

"응."

그는 작은 망설임조차 없었다. 그녀는 고개를 숙였다. 울 것 같지만 이를 악물고 참는 모습이 보인다.

머리 위에 손을 올렸다.

"아직은 한참 네가 성장할 때야. 네가 잠시 사랑할 사람보다, 너를 평생 사랑할 남자를 만나."

그 말이 끝이었다. 그는 몸을 돌려 나섰다.

"어른스럽구나. 나쁘다…."

자신이 좋아하는 이유 중 하나인 성숙함이 오늘은 지혜의 가슴을 도려냈다.

중학생 시절이 훌쩍 지나갔다.

고등학생으로 진학한다. 이곳보다는 더욱 치열한 전쟁터로.

NEO MODERN FANTASY & ADVENTURE

4. 라이벌, 그리고 친구

4. 라이벌, 그리고 친구

　이사하고 있었다. 다시 인생을 새로이 살게 되면서 꼭 부모님 이사부터 시켜드리자고 생각을 품고 있었던 태훈의 생각을 먼저 이뤄드린 것은 다름 아닌 누나인 혜지였다.

　단역으로써 한 작품에 출연했던 그녀는 1, 2회 분량에만 출연할 예정이었으나 '미친 존재감'이라는 타이틀로써 예쁜 얼굴에 관심을 모으기 시작했다.

　1, 2회 분량에서 그에 대한 궁금증이 증폭하자 시나리오는 수정되어 단순한 단역이 아닌 조연 배우로써 그녀를 변경 캐스팅하여 출연하게 되었다.

　드라마는 대박을 터뜨렸다. 물론 조연이었지만 누나도 인기를 끌어안았다. 그와 동시에 방영 중이었던 '논스톱:좋은 친구들.'이라는 대학생 시트콤에서 누나를 캐스팅하여 데려갔고 누나는 사람들의 사랑을 크게 받고 있는 중이었다.

또한 얼마 전에는 국내의 유명한 엔터테인먼트에서 그녀를 뽑아갔고 CF도 벌써 두건이나 찍었다.

한순간에 그녀는 쓰러진 집안을 일으켜 세운 장본인이 된 것이다.

이사를 마치고 나서 부모님은 실감이 나지 않는다는 표정으로 집안을 둘러보았다.

화려하거나 웅장한 집은 아니다. 24평의 낡은 아파트였다. 그러나 누나는 1년 안에 42평짜리의 전주에서 가장 좋은 아파트로 이사 가고 말겠다는 의지를 보였다.

이 정도 기세라면 충분히 가능하다고 확신한다.

그는 누나가 정말 자랑스러웠다.

전주로 이사 오게 되면서 전주 고등학교에 다니게 된 태훈의 등교는 훨씬 수월해진 편이다. 그는 공부 시간을 늘렸다. 고등학교부터는 진짜 전쟁의 시작이다.

특히나 전주 고등학교는 전주권 내에서 뿐이지만 꽤 명문이라고 불리는 고등학교 중 하나였다.

긴장할 필요가 있었다. 자신은 천재가 아니다.

그 때문에 자신을 따라잡을 명석한 두뇌들은 많았다.

뒤처지지 않기 위해서 고등학교에 와서도 상시 펜을 놓지 않는다.

그리고 본 중간고사.

태훈은 다목적실에 걸려있는 이번 신입생 전교 순위를 살폈다.

"휴."

그는 확인하자마자 작은 안도의 한숨을 쉬었다.

1등.

전교 1등이었다. 98.2점 그러나 그 밑으로 2등은 98.0점으로 단 0.2점 차이였다.

'역시….'

전교 2등은 이범현이라는 아이였다.

과거에서는 항상 전교 1등을 놓치지 않았던 아이이다. 추후 미래에는 서울지방 검찰청 검사로 재작한 아이였다. 서울권에서 기승을 부리던 '거성'이라는 이름의 조직 폭력배를 전격 소탕한 이례가 있는 검사로써 그로 인해 신문에 얼굴 꽤나 들락거렸던 유능한 이였다.

태훈의 현재 목표인 서울대 법과대학 출신이었고 공교롭게도 같은 반이었다.

과거에는 변호사가 되기 위해 열을 붙이기 시작한 태훈이 그의 등수를 따라잡겠다고 발버둥 쳤지만 되지 않았다.

그러나 이제 상황은 역전되었다.

"후…."

떨리는 숨 뱉는 소리가 느껴졌다. 태훈은 고개를 돌렸다가 확인할 수 있었다.

이범현이었다.

"축하한다."

분할 것이다.

중학교 때에도 전교 1등을 놓친 적이 없는 아이였다.

그러한 아이가 1등을 놓쳤다. 그러나 쿨하게 말하고는 몸을 돌린다.

태훈은 다소 범현과 친해지고 싶다는 생각이 든다.

일단 함께 법과대학에 입학할 테고 사법고시 연수생 기간 모두 그와 같이 보낼 확률이 컸다.

물론 태훈과 범현이 대학교 졸업 후 곧 바로 사법고시에 합격한다는 전제하였지만 범현은 시험을 치자마자 합격할 거고 태훈도 웬만해선 합격할 거다.

친해지면 꽤 좋을 것 같다는 생각이 선다.

※

좀 우습다. 태훈과 범현의 등 뒤로 식은땀이 흐르고 있었다. 선생님이 부르는 이름 한 번 한 번에 두 사람은 모든 것을 건 것처럼 작은 탄식과 쾌재를 부른다.

"강태훈."

'오예!'

"이범현."

'젠장.'

서로의 얼굴에서 이름이 나올 때마다 누군가는 굳어지고 누군가는 활기를 띄우고를 반복하니 담임 선생님과 반 아이들은 그 모습이 재밌는지 시선을 떼지 않는다.

본래의 반의 반장이 서울로 이사를 갔다.

집에 돈 많던 부자 집 아이였고 그 때문에 반 아이들에게 돈 좀 많이 써서 반장이 되었던 아이였는데, 그 아이가 이사를 감으로써 반장을 다시 투표하게 되었다.

"이범현."

"휴."

두 사람의 표는 동일했다.

총 세 사람이 반장 후보로 올라왔는데, 다른 아이는 두 표 밖에 받지 못하고 범현과 태훈이 16 대 16이었다.

마지막 한 장을 담임은 들어올린다.

이건 자존심 대결과 마찬가지다.

그 때문에 두 사람은 이목을 집중한다.

둘 모두 리더십은 뛰어났고 공부면 공부, 운동이면 운동도 잘하는 편이다.

두 사람 사이에서 은근히 경쟁의식이 자주 보였다.
꿀꺽
마른침이 넘어간다.
"이…."
"이…?"
'이'라는 말에 범현의 얼굴로 화색이 띄었다.
"이히히."
'죽일까?'
'그럴래?'
담임은 그대로 '이히히' 하고 소리 내 웃었다.
반 아이들은 박장대소하고 태훈과 범현의 시선은 마주쳤다.
"이범현."
"크윽…."
아쉽게도 한 표 차이로 반장 자리를 뺏겼다. 플러스 될 내신 점수를 잃은 셈과 같았다.
참 이상하다. 녀석과 자신은 누군가 간신히 앞지르면, 또 다른 누군가는 간신히 다른 걸로 앞지른다.
항시 경쟁 구도였고 뭔가를 할 때마다 긴장이 끊이질 않는다.
"자, 반장 이범현 앞으로 나와라."
그 다음은 뻔하다.

담임이 그를 앞으로 내세우고 그는 소감을 말한다.

"저를 반장으로 뽑아주셔서 대단히 감사드립니다. 저는 누구보다 최선을 다하여 학급을 이끌어가도록 하겠습니다. 감사합니다."

그렇게 말하고 마지막 웃음을 흘린다.

'저거 나보라고 웃은 거지?'

그 웃음에 태훈은 허탈한 모습이다.

※

반 아이들은 비장했다. 오늘 저녁 2학년 선배들과의 축구 경기가 있었다. 태훈이 속해있는 1학년 1반은 어리지만 전교를 통틀어서 꽤 강자로 거듭나고 있었다.

이것에는 태훈과 범현의 몫도 컸다.

태훈은 본래 축구 자체를 좋아했던 편이다.

때문에 전국 변호사 축구대회에 출전을 하여서 득점왕을 한 게 한 두 번이 아니다.

덧붙여 범현은 운동 자체를 본래 잘하는 편이다.

오늘 축구 경기의 경우 5만 5천원이 걸렸다.

즉 열 한 명이 참여하니 1인당 5 천 원씩을 건 것이다.

1인당 5천원. 학생들에겐 큰 돈이다.

승리하면 학교 앞에 맥도리아에서 햄버거 파티를 열 것

이었다.

 축구 경기가 시작되었다.

 상대편에서 볼을 몰고는 중앙지점을 넘어서 빠르게 골대로 진입하고 있었다.

 수비들을 빠르게 제치는 모습이 드리블에 능숙했다.

 태훈과 범현은 두 사람 모두 공격수였다.

 아이들은 한 사람은 수비수를 맡아달라고 부탁했지만, 공을 더 많이 넣겠다는 승부욕에 수비수에 가겠다고 한 사람이 없었다.

 그리고 수비수의 아들 중 꽤 잘하는 아이들 몇몇이 붙어 있었다.

 그들은 재빠르게 공을 뺏는다.

 허공으로 포물선을 그리며 떨어진 공은 태훈의 앞에 있었다.

 '오늘은 내가 득점왕이다!'

 태훈은 달리기 시작했다. 다행이 다른 한쪽에 수비수들이 쏠린 상황.

 우측 빈틈을 파고 든다.

 그 상태에서 슈팅!

 그러나 골대를 맞고 튕겨 나간다.

 그 순간 뒤에서 달려오던 범현이 튕겨나간 공을 그대로 발로 차 공을 넣는다.

"우와아아아!"

'저 십새끼가 뺏어먹네.'

범현은 미친 듯이 환호성을 지르며 친구들에게 달려 나간다.

그런데 2학년 선배들만 똥 씹은 표정이 아니다.

자신이 골을 넣지 못하고 그에게 빼앗겼다는 것에 태훈은 인상이 일그러졌다.

다시 공을 상대측에서 잡는다.

부드럽게 이어지는 패스.

그러나 그 중간을 수비수가 잡아챈다.

공이 허공으로 떠오른다.

이번에도 태훈이 잡았다.

이번에는 녀석들이 고루 분포되어 있었다. 좌측으로 달린다.

수비수들은 우르르 몰려온다. 빈틈이 없다.

멀리서 누군가 손을 흔든다.

'안 줘 이 새끼야.'

이범현이었다.

너에게 주느니 정면돌파다!

그는 한 아이의 다리 사이에 공을 밀어 넣고는 그를 지나쳐 앞에서 태클을 걸어오는 다리를 번쩍 뛰어 넘고는 슈팅한다.

"골! 골입니다! 강태훈 선수 골입니다!"

"와아아아!"

그는 해설자마냥 소리치며 친구들을 향해 달려간다. 역시 범현은 똥 씹은 표정이다.

그런 범현을 껴안는다.

"골 넣었다!"

대놓고 약 올리는 거다.

그렇게 2학년 선배들과의 신경전인지 두 사람만의 신경전인지 모를 경기가 지속되었다.

스코어는 5:1.

1학년 1반이 앞선다.

2학년 선배들은 1학년 후배들에게 진다는 것에 상당히 기분이 상할 수 밖에 없었다.

그리고 그것은 곧 시비로 이어졌다.

그들의 눈엔 지들끼리 신경전 벌이면서도 계속 골을 넣는 태훈과 범현이 가장 거슬렸을 거다.

허나, 태훈의 등 뒤로 원대호라는 이가 있음은 전주 고등학교에서도 큰 몫 단단히 하고 있다.

"야이 새끼야. 미쳤냐. 애들 다치는 꼴 보고 싶어?"

정말 괜한 시비였다.

범현이 공을 빼내면서 2학년 중 한 사람이 비틀거렸다.

그렇지만 넘어진 것도 아니었고 더불어 자신이 공을 다

른 곳에 패스하려다 뺏기자 발이 허공을 때켜 비틀거린 것이었다.

범현이 그나마 태훈보다는 만만해 보였나본데, 태훈이 알기론 그들은 무모짓을 하고 있다.

범현의 집 안은 '법'에 관련한 법조인 집안이었다. 할아버지도 판사셨었고 아버지도 마찬가지였다. 그리고 그와는 반대로 검사를 지향하는 범현은 어릴 적부터 각종 무술의 유단자였다.

즉, 보이지 않았을 뿐이지 강한 존재란 거다.

"전 그렇게 잘못했다 생각하지 않습니다. 실제로 신체 접촉이 있던 것도 아니잖아요."

2학년 선배들이 우르르 몰려들어 그를 노려봤다.

반 친구들은 무서워서 덤벼들지도 못한다.

태훈에게는 아직 덜 큰놈들의 쪼잔함이라는 생각 밖에는 안 든다.

"이 새끼가 진짜 미쳐가지고. 공부 좀 한다고. 이 시발놈아 따라와 너 오늘 뒤졌어."

한 사람이 범현의 멱살을 잡았다.

상황이 좋지 않게 돌아간다.

턱!

"그만하시죠."

멱살 잡은 팔을 누군가 잡아채 떼어놓는다.

다름 아닌 태훈이다.

그는 대호에게 이종 격투기를 배우면서 담이 꽤 커진 편이었다. 실제로 그와 연습을 하다가 그의 공격에 맞은 적도 한 두 번이 아니다.

그는 정말 실전처럼 가르쳐서 몸이 남아나질 않기도 했었다.

그런 태훈은 기껏 2학년 일진들이라고 하는 이들이 무섭진 않다.

"이 새끼들이 쌍으로 미쳤네? 씨발 원대호 빽 믿고 설치냐?"

"대호 형 믿고 설치는 건 아닙니다. 지금 하고 계신 행동 자체가 옳다고는 생각되지 않거든요."

태훈은 당당했다. 1학년 1반 아이들은 전부 증인이다. 벌써부터 어린 학생들은 사회체계를 주먹과 학년으로 배웠다.

그런 그들을 상대하고 싶진 않다.

"얘들아 가자."

태훈은 성이 잔뜩 난 범현에게 어깨동무를 하며 친구들을 이끌려했다.

"야 너희 누나 빨통 죽이더라?"

그 말에 태훈의 주먹이 말아 쥐어졌다. 다른 건 참아도 가족을 욕되게 하는 건 참지 못한다.

그러나 그보다 빨랐던 건 이범현이었다.

그의 주먹이 방금 전 말을 뱉어낸 2학년의 얼굴을 가격했다.

그와 함께 싸움이 불거졌다.

2학년생들이 우르르 범현에게 주먹을 휘두르기 시작한 것이다.

그 틈에서 범현은 지지 않기 위해 싸우고 있었다.

"선생님 불러 와."

같은 반 아이들이 도와줄리 만무했다. 무서웠기 때문이다.

태훈의 말에 한 아이가 달려간다.

그리고 곧 범현을 넘어뜨리려고 팔을 잡아챈 이의 안면에 태훈의 주먹이 꽂혔다.

퍽!

제대로 먹혔다. 안면을 맞았기에 코에서 피가 흘렀다.

네 사람이 태훈에게 붙었다.

사방에서 주먹이 날아왔다.

피가 터지고 얼굴이 돌아갔다.

그러나 밀리지 않는다.

상체를 숙이면서 한 이의 하체를 잡아채 바닥으로 넘어트린다. 그 상태에서 일어나려는 틈을 타 무릎으로 안면을 강타한다.

등을 발로 거쎄게 걷어차는 이의 다리를 잡아채 바닥으로 눕힌 후 옆에서 주먹을 휘두르려는 이의 턱에 하이킥!
제대로 꽂혔다.
바닥으로 풀썩 쓰러진다.
순식간에 두 명이 바닥에 쓰러졌다.
'이 씨발… 원대호 뺵만 있던 게 아니잖아!'
공부만 하는 범생이인 줄 알았더니 이빨을 숨기고 있던 호랑이와 제대로 만난 것이다. 하물며 이범현 역시 마찬가지다.
혼자서 세 명을 제압했다.
다른 이들은 이제 함께 선 두 사람에게 덤벼들 수 없었다.
우르르 덤비면 이길 순 있을 것 같으나 그들의 주먹이 두려운 것이다.
"야이 새끼들아! 지금 뭐하는 거야!"
그리고 때마침 학생부 선생님께서 멀리서 매를 들고는 뛰어오고 있었다.

자칫 징계를 받을 뻔 했다. 그러나 상황을 보면 2학년생이 일방적으로 시비를 걸었고 열 명 가까이 되는 인원이 두 사람을 폭행했다.

물론 먼저 때린 것은 이범현이었으나 결국 서로가 쌍방이었고 이범현과 태훈 역시도 많이 다친 편이었다.

더불어 여러 명이서 때렸다는 것 자체는 가벼운 것이 아니라 특수폭행 죄에 해당된다.

이가 부러지거나 뼈가 금가거나 한 이는 다행이도 없었다. 때린 2학년들도 사건을 크게 만들면 좋을 게 없었다. 더불어 학교 측도 그것을 안다. 특히나 이범현 아버지가 유능한 부장판사셨기에 일이 불거질수록 양측 모두 좋을 건 없었다.

결국 합의하에 마무리 짓기로 하였다.

부모님까지 학교에 불려가고 누나까지 학교에 왔었다.

모든 일이 잘 마무리 되고 집으로 돌아왔을 때에 부모님은 큰 말씀은 안 하셨다.

아들이 이유가 있기에 주먹을 휘둘렀음을 부모님은 누구보다 더 잘 아셨다.

그러나 누나는 계속 꾸중을 늘어놓는다.

"대체 네가 생각이 있는 애야 없는 애야 응? 한참 공부할 녀석이 선배들하고 쌈박질이나 하고."

"에이, 그쪽에서 먼저 건들었다니까 누나도 참."

"그럼 참아야지! 때리면 그냥 맞고! 그럼 누나가 가서 혼내줄 수 있기라도 하지. 엄마 아빠가 얼마나 속상하시겠어."

태훈은 귀를 후벼 팠다. 연예계에서 주목 받는 사람이 되었어도 구구절절(句句節節) 잔소리는 여전하다.

그녀가 태훈의 침대에 함께 걸터앉는다.

"무슨 이유가 있는 거지?"

그녀도 동생인 태훈이 아무에게나 주먹을 휘두를 사람은 아니란 걸 잘 안다.

그는 잠시 그녀를 보다가 고개를 젓는다. 아마 그 녀석들이 그런 말을 했단 걸 알면 누나가 가서 엎어버릴지도 모른다.

화끈 할 땐 화끈하신 분이라 앞 뒤 안 가리시는 성격이 있으니까. 그냥 모른다고 잡아뗀다.

학교에 소문이 쫙 났다. 보고 있던 눈이 많았기에 태훈과 범현이 2학년생들을 단숨에 때려눕혔다는 소문은 금세 퍼졌다.

그 때문에 2학년들은 당연히 더 이상 터치를 안 했고 3학년도 더욱 그들과의 마찰을 피하는 듯 하다.

더불어 2학년이 더 이상 아무 말 못하는 것에는 태훈은 몰랐지만 원대호가 이 사실을 알고 그들을 찾아가 험악한 협박을 했던 것도 있었다.

물론 태훈은 평생이 가도 그런 일이 있던 건 모를 것이다.
"태훈아, 그 옆에 있는 아름다운 광채가 나는 동그랑땡 먹을 거냐?"
"너 먹어라."
여전히 고등학교에서 친하게 지내는 친구 지훈이 동그랑땡을 눈에 불을 내며 바라봤다.
그러다 그림자가 드리워진 걸 볼 수 있었다.
시선을 올리자 이범현이 보였다. 그는 픽 웃으며 그의 맞은 편에 앉았다.
그는 아무 말 없이 식사를 했다. 태훈도 별 말은 없었다.
그러다 먼저 말을 꺼낸 것은 태훈이다.
"고맙다."
"뭐가?"
그는 의아한 듯 묻는다.
"그 재수 없는 새끼 면상 꽂아줘서."
누나를 욕되게 한 이를 그가 때려줬다.
"나도 고맙다."
그리고 범현도 말했다.
"나와 함께 싸워줘서."
그저 말 없이 태훈은 웃었다. 범현도 마찬가지였다.

항상 티격태격 하듯 경쟁을 하지만 서로가 서로를 나쁘게 생각한 적은 추호도 없었다.

두 사람의 경쟁은 선의의 경쟁이고 서로를 성장시킬 원동력이 되기도 했다.

두 사람은 이로써 각별한 사이가 될 것이 분명했다.

"범현아."

근데 꼭 분위기 파악 못하는 애들이 있다.

"그 아름다운 광채의 동그랑땡 하나만 주면 안 되냐?"

"…먹어."

"고맙다."

"하하하, 무슨 동그랑땡에 목숨 걸었냐."

"푸흐흐! 야, 많이 먹어라."

태훈과 범현이 웃음을 터뜨려버렸다. 그들이 왜 웃는지 모르겠다는 듯이 지훈은 입안에 동그랑땡을 구겨 넣고 행복한 미소를 짓는다.

※

범현과 태훈은 절친한 친구가 되었다. 그리고 지훈도 함께 어울렸다. 세 사람이 가장 친하게 학교에서 단짝친구처럼 지냈다.

지훈도 어느덧 성적이 훌쩍 상승해 전교 12등을 해냈다.

고등학교 2학년이 되었다.

시간은 청산유수(靑山流水)처럼 빨랐다. 밤 늦게까지 공부하고 있음에도 키는 180cm가 되었다. 이종격투기도 하루에 한 시간은 연습했기에 몸도 탄탄해졌다.

그리고 얼마 전에는 범현에게 기말고사에서 0.5점 차이로 패했다. 그 0.5점을 다시 따라잡기 위해 열심히 공부 중이었다.

겨울 방학이 얼마 남지 않았다. 두 사람은 겨울방학동안은 함께 아르바이트를 하기로 이야기 했다.

아르바이트는 범현이 구한 것이다.

법무법인 아르바이트였고 단순한 서류작성이나 보조 일을 하게 된다.

하는 취지는 돈도 벌고 실제 법에 관련한 일을 하는 사람들의 곁에서 배워 보자는 취지다.

"들어가자."

"집 좋다."

"좋지? 근데 주위에 뭐 별로 있는 건 없다."

전주 아중리 왜망실 쪽에 범현이 사는 집은 있었다. 마당이 넓었고 집은 총 3층이었다. 평수는 100평 정도 되는 것 같았다.

태훈도 현재는 나름 좋은 집에서 살고 있다.

1년도 채 되지 않아 42평짜리 아파트로 이사 가게 하겠다는 누나의 다짐은 성공했다.

시트콤에서 흥하면서 그녀는 드라마 주연으로 발탁되기까지 한 상황이다.

집으로 들어갔다.

"다녀왔습니다."

태훈도 그의 집엔 처음 방문한다. 반대로 범현은 그의 집에 자주 놀러가곤 했었다.

"네가 태훈이구나."

"안녕하세요."

"그래."

범현의 어머니는 한복 디자인으로 세계적으로 인지도를 가지고 계신 분이셨다. 또한 아버지는 부장판사시기도 했고 수많은 형사재판에서 진실을 가려낸 분이었다.

"네가 태훈이구나."

오늘 이렇게 방문한 목적에는 그의 아버지에게 인사를 드리기 위함도 있었다. 범현의 아버지는 서울의 고등법원에서 근무하시고 그곳의 관사를 이용하시기에 전주에는 주말만 오시곤 했다.

그리고 우스운 건 태훈도 아는 얼굴이었다.

판사. 이범훈

그는 정의(正意)로운 판사다.

흔히 받아먹는 뒷돈, 비리 그에게는 없었다.

현존하는 판사들 중 가장 존경받는 이중 한 사람이다.

그와의 안면을 트는 것은 태훈에게는 분명 이로운 일이다.

"안녕하세요."

"그래. 앉아봐라."

신문을 펼쳐보고 있던 그는 자리를 권했다.

"변호사가 되고 싶다고."

"네."

"그래, 판사라는 일은 너무 지겹고, 검사라는 일은 발냄새가 지독하지. 그런데 또 말이다. 변호사라는 직업은 목이 남아나질 않아. 모두 다 장단점이 있고 네가 하기 나름일 거다."

그의 조언에 태훈은 경청하며 빙긋 웃었다. 예전에도 미래의 태훈에게 그는 자주 조언을 했다.

그때마다 태훈의 반응은 한귀로 듣고 흘림이었다.

자신은 그 당시 '흑을 흑'이라고 하는 정직한 변호사가 아닌 돈을 위해 '흑을 백'이라고 하는 변호사였기 때문이다.

이제야 어리석음을 깨닫는다.

그의 현재 목표는 성공한 변호사다.

그리 되기 위해선 뒷돈을 먹는다거나 혹은 수십억짜리 소송에 뛰어들어 수임료를 높게 받는 것보단 정직하게 승소를 얻어내고 인지도를 쌓아 유명해지는 게 옳다는 걸 깨달았다.

범현은 2층을 방으로 사용하고 있었다.

방안으로 들어왔다.

방은 아기자기했다. 각종 법 관련 서적들이 많았다.

그리고 가장 눈에 띄는 건 책상 위에 올려진 액자였다.

액자에는 한 여성과 범현이 어깨동무를 한 채 환하게 웃고 있었다.

"이건 누구야? 되게 예쁘다."

그의 물음에 범현은 잠시 말이 없었다.

태훈은 듣지 않아도 감이 왔다.

변호사라는 직업병은 이럴 때 좋지 않다.

미리 어느 정도 추측해버린 다는 것.

"우리 누나야."

그러나 애다워야 했다.

모른 척 묻는다.

"누나도 있었어?"

"응, 근데 죽었어. 3년 전에."

"…미안하다."

"니가 뭐가 미안하냐. 그 나쁜 놈들이 잘못한 건데."

그는 픽 웃으며 그의 어깨를 두들긴다.

"내가 그때 어렸을 때라 잘 모르지만 범인이 총 두 사람이었대. 한 사람은 누나를 보내주자고 했고 한 사람은 누나를 위협하며…."

그는 말끝을 흐렸다. 마지막 단어는 '추행'일 거라 생각한다.

"누나를 보내주자고 한 사람이 누나를 도망가게 도와줬어. 근데 누난 극심한 우울증에 시달렸고 가지 말아야할 곳을 갔지."

이제야 판사 집안에서 혼자만 검사가 되겠다고 녀석이 자청하는 이유를 알겠다.

그의 주먹이 말아 쥔다.

"내가 그 두 놈 꼭 잡는다 태훈아. 그 두 늠 잡아서 무기징역 받게 만든다."

그것이 범현의 목표였다. 태훈은 말 없이 그의 어깨에 손을 올렸다.

"넌 할 수 있어."

"그래."

그것이 끝이었다. 더 이상의 긴 위로는 필요 없었다. 오늘 범현의 가슴 아픈 기억 하나를 알게 되었다. 누나 잃은 슬픔, 그것을 누구보다 더 잘 안다.

태훈은 그를 믿는다.

서울 방배동의 한 법무법인 사무실 앞에 태훈과 범현은

도착했다. 이곳을 소개시켜준 사람은 다름 아닌 범현의 아버지다.

범현의 아버지는 가서 많은 것을 배우라고 했다.

즉, 아르바이트이긴 하지만 실제 현장을 배울 수 있는 계기도 되는 장소였다.

태훈과 범현 두 사람에겐 무척 좋았다.

'한 마음이라…'

태훈은 간판에 걸린 이름을 보고 씁쓸한 미소를 지었다.

한 마음 법무법인.

이곳은 전국 최초다.

사실 태훈도 범현 아버지에게 법무법인 이름을 듣고 다소 놀랐다.

한 마음 법무법인이 특별한 이유는 공익변호사들 모임이었기 때문이다.

공익변호사는 돈 없고 힘 없는 사람들을 위해 싸우는 인권 변호사들이다. 부당한 일을 당한 가난하고 힘 없는 이들을 위해 싸우는 사람들.

NEO MODERN FANTASY & ADVENTURE

5. 법무법인 아르바이트

5. 법무법인 아르바이트

좋은 재단이라는 봉사재단에 속해있던 '한 마음 법무법인'은 기부금을 통해 월급을 받는다.

그만큼 월급은 박봉이고 일은 고되다.

돈 없는 이들을 위해 일한다는 것은 그런 거다.

그러나 그런 '한 마음 법무법인'이 있기에 가난한 자들도 살아갈 수 있는 것이다.

실상 태훈에게는 좋은 기억은 아니었다.

한 마음 법무법인 이들은 자신을 좋지 않게 봤다.

자신 역시도 마찬가지다.

자신은 그들을 '인병'이라고 불렀다.

'인권에 목 맨 병신 같은 변호사들.'

의 줄인 말이다. 자신들이 국선 변호사도 아니면서 젊은 변호사들끼리 뜻을 모아서 지들 한 몸 챙기기도 힘들면서 남을 위한답시고 뛰어다니는 모습이 꼴사나웠기 때문이다.

반대로 한 마음 법무법인 이들은 돈에 눈이 먼 변호사 같지 않은 그를 싫어할 수 밖에 없었다.

이렇게 새롭게 그들의 이름이 걸린 간판을 보니 진짜 명청했고 아둔했던 사람은 자신이었단 걸 깨닫는다.

두 사람이 함께 들어왔다.

사무실은 크지 않았다.

"어서 와라!"

"잘 지내셨어요."

인사를 하고 들어가자 가장 먼저 반겨준 사람은 '박문수' 변호사였다.

이곳 한 마음 법무법인을 이끄는 이였다. 올해 마흔 여덟이다.

태훈도 어느 정도 안면이 있던 사람이다.

"네가 태훈이구나."

"네, 안녕하세요."

그가 내미는 손을 잡아 꾸벅 고개를 숙여보였다.

어느덧 자리에 앉아서 업무를 처리하던 변호사들이 전부 몸을 일으켰다.

문수까지 합치면 총 다섯 사람이다.

다른 네 사람은 인민희 변호사, 한소원 변호사, 고두환 변호사, 강민후 변호사였다. 모두 연수생 교육을 마치고 바로 한 마음 법무법인에 뛰어든 이들이다.

"반가워."

"반갑다."

그들 모두 활기찼다.

모두 좋은 사람 같았다.

'하긴 내가 나쁜 사람이었지.'

그들은 항상 서글서글한 웃음을 짓던 사람들이다. 곧 한소원 변호사가 해야 할 업무에 대해 알려주기 시작했다.

실상 한 사람만 있어도 충분히 할 수 있는 일들이었다. 특별히 범현의 아버지가 부탁해서 두 사람이 함께 일을 할 수 있게 된 것이다.

아무래도 서울이었기에 숙식제공도 필요했는데, 그건 범현의 아버지가 구해주셨다.

오자마자 업무 처리를 하기 시작했다.

공익 변호사들이기 때문인지 의뢰인은 쉴 새 없이 들어오기 시작했다.

"아니, 글쎄 내가 회사에서 일을 하다가 잘렸는데."

"이것 봐요. 이거. 그놈이 제 돈을 떼어먹고…."

"우에에엥! 엄마가 사라졌어요!"

일반 변호사 사무실보다 훨씬 더 사람이 많다.

그러나 그들은 능숙하게 사람들을 한 사람씩 맡아 자문을 주고 상담해주기 시작한다.

태훈과 범현 앞으로 서류들이 쌓여간다.

그 서류를 처리하기에 바빠졌다.

그러던 중 태훈의 앞으로 한 그림자가 드리워졌다.

"안녕하세요."

여성은 인사한다. 그녀는 우리나라 국적을 가진 사람이 아닌 것 같다.

마흔 살 중년의 여성이었다.

"네, 상담은 제가 아닌…."

그렇게 말하며 다른 변호사들을 가르쳐주려했는데 그들 앞으로도 줄이 빼곡하다. 여성은 태훈이 변호사라고 오해한 것 같다.

"무슨 일로 오셨죠?"

"저기 그게…."

그녀는 조심스러웠다.

"괜찮습니다. 한 번 말씀해보세요."

그녀는 필리핀 사람이었다. 천천히 입을 뗐다.

태훈은 눈살을 찌푸렸다.

간단한 일이라면 자신이 자문을 주고 보내려 했지만 그게 아니었다.

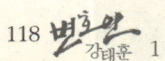

그녀는 이주 노동자다. 체류 자격이 없다.

그러한 그녀에게는 중학생 아들이 있었고 현재 중학생 아들은 외국인 구금 시설에 갇혀 강제출국을 당할 처지에 놓인 상황이다.

"흠… 글쎄요. 강제출국이라니 말도 안 되는 것 같네요."

태훈은 고개를 저었다. 그리고 어느덧 상담한 한 사람을 보내 한숨 돌리려는 문수는 오늘 온 파트타임이 누군가와 이야기를 나누는 것에 귀를 세웠다.

"우리나라는 유엔아동권리협약을 맺었습니다. '아동은 특별히 보호받고 자유와 존엄성이 보장되는 조건 속에서 자랄 수 있다' 입니다. 성인과 달리 특별한 권리를 보장하는 거죠. 또 미등록 아동이라는 이유만으로 그렇게 강제 추방한다는 건 어느 정도 문제가 있다고 보입니다."

"그, 그럼 저희 아들 추방 당하지 않게 할 수 있는 건가요?"

그녀의 물음에 태훈은 턱을 쓰다듬는다.

"법무부에서 어떤 식으로 나올지는 모르지만 꼭 불가능하다고만은 생각되지 않네요."

태훈도 확실한 답을 내놓지는 못했다.

그러나 문수는 그의 답을 듣고는 다소 놀랐다.

아직 어린 소년이 수려한 말솜씨에 상황에 맞는 '법' 지식도 갖추고 있었다.

"이리로 오시겠습니까."

문수는 그녀의 앞으로 다가가 자신의 자리로 가리켰다.

"태훈 학생. 다음 번에는 자네 말고 우리에게 인도해줬으면 해. 우리가 하는 게 쉬워 보여도 아무나 해선 안 되는 거거든."

문수는 엄하게 꾸짖었다. 태훈은 아차 했다.

"죄송합니다."

"다음 번에는 조심해."

그는 작은 웃음을 짓고는 여성과 이야기를 하기 위해 몸을 움직였다.

"야 유엔 아동 권리. 뭐?"

옆에서 컴퓨터를 두들기던 범현도 놀라 묻는다.

"있어, 그런 법."

그저 둘러대고는 다시 서류들을 작성하기 시작한다.

늦은 밤이었다. 그때서야 끓인 라면으로 끼니를 해결하고 있었다.

"태훈아, 아까 전 그 '원우' 관련한 자료 좀 가져올래."

"네."

아까 전 자신과 이야기를 나눴던 필리핀 여성의 건이었다.

"계속 먹으면서 들어."

문수는 먹다가도 일을 잡게 하는 게 미안한지 말했다.

모두 라면을 먹으면서 경청했다.

태훈과 범현 역시 마찬가지다.

"되게 난해한 사건이야. 아까 이야기 했듯이 이미 원우라는 아이는 화성외국인 보호소에 이송되어있고 부모님은 자신들의 처지 때문에 아이도 만나지 못하고 있는 실정이야."

문수의 말에 라면을 먹다가도 다른 변호사들의 얼굴로는 안타까움이 맺혔다.

태훈과 범현 역시도 마찬가지다.

즉, 부모 얼굴도 보지 못한 채 꼼짝없이 강제출국 되게 생겼다.

"강제 출국 명령 이의신청과 일시보호해제 신청을 하면 되지 않을까요?"

한소원 변호사였다.

"그건 어려워. 결과가 나올 때까지 두 달이야. 보호소에서 나간다 해도 언제 출국시켜 버릴지 몰라."

"저…."

태훈은 아까 전 들은 이야기가 있었다. 실상 이 안의 젊은 변호사들보단 태훈이 법에 관련해선 바싹할 것이다.

자신과 그들이 추구했던 것은 달랐지만 엄연히 태훈도 변호사였고 변호사는 세월에 의해 더욱더 성장하기 마련이다.

괜히 나서는 것은 아닐까 싶어 조심스러웠다.

"의견 정도는 괜찮다."

문수는 아까 전 자신의 꾸짖음에 그가 조심스러워하자 작게 웃었다.

"듣기론 수사과정에서 불법 수사와 인권 침해 문제가 있던 걸로 압니다. 인권위에 인권침해 문제에 대한 조사를 촉구하는 구제를 요청하는 게 어떨까요."

'뭐일까. 이 아이.'

문수는 태훈이 자신과 동일한 생각을 하고 있었다는 것에 놀랐다.

반대로 경험 없는 젊은 변호사들 네 사람은 할 말을 잃었다.

그런 방법이 있었다니!

어린 소년의 입에서 명쾌한 답이 나왔다.

"그래, 일단은 태훈이 말처럼 그렇게 하도록 하고. 여론이나 기자들 좀 이용하면 어떻게 해결되지 않을까 싶어."

태훈은 다시 라면에 젓가락을 가져 가 먹기 시작한다.

한 마음 법무법인 이들은 어린 소년 태훈에게 상당히 놀라고 있었다.

그러나 내색하지 않고 모두가 늦은 저녁을 때운다.

❋

한 마음 법무법인의 인원들은 정말 발이 불이 나게 뛰어다녔다. 원우의 추방을 막기 위해 기자에게 연락해 직접 인터뷰를 하러 나가고 인권단체를 모아서 시위를 하기도 했다.
덧붙여 법무부의 당돌한 태도에도 기죽지 않고 싸웠다.
기사를 통해 전파 된 원우의 억울한 사연에 대해 사람들은 '대한민국 법'을 비난하는 목소리를 형성했다.
이것이 한 마음이 노린 일종의 타격이었다.
그들이 사무실에 있을 틈도 없는 걸 보면서 태훈과 범현은 손가락을 치켜 들었다.
"진짜 멋있다."
"레알."
다른 변호사들보다도 월급은 박봉이었지만 그들은 무척 열심히였다. 다른 사람을 위해 일한다는 것이 진심으로 멋있어보였다.
즉, 사람 냄새가 난다고 해야 할까?
돈 냄새를 좋아했던 태훈으로써는 새로운 것을 배우는 계기가 되고 있었다.

어느덧 그 일이 있은 지 3주.

인권위는 '이주아동이 부모와 떨어져서 강제출국 당하는 것은 인권침해'라고 발표했다. 그리고 법무부 장관에게는 유엔아동권리협약에 대한 구제조치를 취할 것과 비슷한 사례가 발생하지 않는 걸 촉구했다.

즉, 한마음 법무법인 변호사들이 승리를 거머쥔 것이다.

"이야아아!"

인권위의 판결이 떨어지고 모두가 방방 사무실에서 뛰면서 껴안고 소리를 질렀다. 그 틈엔 태훈과 범현도 함께 있었다.

그들은 진심으로 기뻐했다.

태훈이나 범현도 마찬가지였다.

이번 건은 꽤 큰 건이었고 한 마음 변호사들도 '승리'를 쟁취하기엔 힘든 것이었기 때문이었다.

그러나 굳건하게 한 마음 법무법인이 또 한 건 해냈다.

한 건 잘 해결하고 모두가 오랜만에 식사다운 식사를 하기 위해 고기 집으로 향했다.

식사를 하면서 문수는 묻는다.

"우리 일이 많이 힘들어 보이지?"

실상 그렇다. 끼니를 챙기기 어려울 정도로 사람들은 붐볐고 그들이 수임료를 주는 것도 아니다.

부당한 노동자들을 위한 시위나 장애인 인권을 위해서

도 그들은 뛰어다닌다.

"네."

"그래도 우린 좋다. 우리 덕분에 행복하게 사는 사람들이 있으니까. 스스로가 만족하면 그걸로 될 거 아니겠냐. 너희들도 너희가 만족하는 변호사 검사가 되라."

"네!"

태훈과 범현이 있는 힘껏 함께 답했다.

그들의 우렁찬 소리에 자리에 함께 있던 이들이 웃음을 흘렸다.

"참, 너희 둘은 변호사 검사니까 어쩌면 나중에 실제로 대치할 수도 있겠네?"

"네."

강민후 변호사의 말이었다. 확실히 검사는 범인을 잡는 것에 최선을 가하는 이들이고 변호사는 그 자가 극악무도한 범인이라고 할지라도 의뢰인을 변호하는 게 최선인 직업이다.

정말 그들의 말처럼 언젠간 대립하게 될 지도 모른다.

문수는 재미난 게 생각난 듯 잠시 생각했다.

"내가 숙제를 하나 내주마."

숙제란 말에 귀를 쫑긋 세웠다.

"내일 모레 모의재판을 하자. 너희들 여기 돈 벌러 온 게 아니라 배우러 온 거 아니냐?"

"네, 맞습니다."

문수는 그들이 집으로 돌아가기 전 제대로 된 추억 하나, 배울 것 하나 만들어주고 싶다는 마음이었다.

태훈과 범현은 모의재판이라는 말에 눈을 반짝였다.

"너는 검사, 너는 변호사가 되어보는 거지."

"오 그거 재밌겠는데요."

"정말."

다른 변호사들도 관심을 집중했다.

문수는 잠시 생각했다. 그리고 사건을 던져줬다.

"12년 전에 있었던 실제 사례로 해보자. '청담동 살인사건' 알지?"

"네."

청담동 살인사건. 12년 전에 일어난 일이지만 꽤 이야기가 많은 사건이었다. 15년 전 한 남성이 아버지를 잃었다. 살해당했다. 범인은 아버지의 절친했던 친구로 지목된다. 그러나 증거부족으로 풀려났다.

그리고 그 남성이 아버지를 죽였다라고 확신한 피해자의 아들이 그를 죽임으로써 살인자가 되어 법정에 섰던 사건이다.

사건은 상당히 난해했다. 변호인으로써는 정상참작을. 검사로써는 살인마에게 더욱 높은 징역을 구형해야 옳은 것이다.

내일 모레면 시간은 촉박했다.

조금은 즉흥적인 모의재판이기는 하였지만 이 안에는 실제 변호사들도 있었고, 10년 이상 경력의 판사 출신이며 현재는 변호사로 직종을 바꾼 문수 역시도 있었다.

자신들의 가능성을 실험해볼 수 있는 때였다.

실제 사건을 빗댄 만큼 두 사람은 숙소로 돌아오자마자 자료조사와 판례, 그와 비슷했던 사건들을 찾아보기 시작했다.

두 사람은 또 다시 경쟁을 하게 된 것이다.

장난과 같아 보일지도 모르지만 두 사람에게는 자존심을 건 대결 일지도 몰랐다.

서로가 증거 자료들을 찾기 시작했다.

자료를 찾는 것은 그렇게 어려운 일은 아니었다. 그러나 이중 하나라도 놓치는 중요한 자료가 있다면 밀리게 된다.

태훈의 경우는 무조건적으로 피고가 감형을 받을 수 있게 최선을 다해야하는 상황이었다.

그들의 공부는 5시까지 끝나지 않았고 두 시간 쪽잠을 잔 상태에서 법무법인에 출근했다.

그들은 일을 하면서도 시간이 날 때마다 컴퓨터로 공부하며 모르는 것은 물어보기도 했다.

특히나 범현이 실제 판사로 근무했던 문수에게 많이 물어봤다.

지금 현재는 범현이 태훈보다 입술이 바짝 탈 상태이다. 실상 태훈은 조금 여유롭다. 일단 그는 실전 경험이 많았다. 물론 살인의 경우 처음 맡아보기는 하지만, 실전경험과 오랜 세월을 살았다는 것은 변호사로서의 큰 무기로 작용한다.

"네, 아버지. 다름이 아니라. 12년 전에 있었던 '청담동 살인사건.' 있잖아요. 그와 비슷한…."

그리고 반대로 범현에게 이로운 점은 판사로 재직하고 계신 아버지가 계셨기에 조언을 많이 구할 수 있다는 것이다.

또 다시 다음 날이 되고 두 사람의 눈은 퀭해졌다. 한 마음 법무법인 식구들은 불이 붙은 두 사람의 모습이 무척 재밌는 듯 싶었다.

모의재판은 밤에 열린다.

실제 연수원에서 하는 모의재판은 법원 안에서 진행된다.

정말 똑같이 진행되기 때문에 방청객이 '모의재판' 임을 모르고 참여하기도 한다.

그러나 확실히 이번 모의재판은 순전히 두 사람의 가능

128

성을 보기 위해 문수가 연 조촐한 추억 만들어주기에 가깝기에 실제와는 많이 달랐다.
"좋았어."
마지막 자료까지 꼼꼼히 확인 후 태훈은 자료를 챙겼다.
그에 반면 범현은 아직도 계속 뭔가를 뒤지고 있었다.
지이잉
지이잉
휴대폰이 진동했다. 발신자가 누나다.
"응, 누나."
-너 있는 법무법인이 한마음 법무법인이라고?
"응, 왜?"
-누나가 들려서 인사라도 드려야지 우리 막둥이가 그렇게 폐를 끼치는데.
"얼씨구."
태훈은 콧방귀를 낀다. 철이 더 일찍 든 것은 태훈이다. 아무래도 한 번 인생을 살아보았기 때문에 부모님도 가끔 '애늙은이' 같다고 하기도 한다.
누나가 온다는 말에 태훈은 문수에게 물었다.
"그 연예인 강혜지 씨? 방청객이라고 생각하면 되겠네."
문수는 픽 웃었다. 강혜지가 온다는 말에 법무법인 사람들은 조금 들떴다. 요즘 한참 대세로 떠오르고 있는 누나였다.

그리고 어느덧 업무가 끝이 났다.

업무가 끝나는 시간에 맞춰서 누나는 조심스레 문을 열고 들어왔다.

"안녕하세요."

"와, 진짜 오셨네."

법무법인 사람들은 매니저와 함께 들어오는 누나를 보고는 무척 반겼다.

"드라마 잘 보고 있습니다."

누나가 주연으로 출연한 드라마가 흥했다. 시청률 25%를 넘어섰다. 광고도 이젠 TV만 틀면 숱하게 볼 수 있을 정도다.

그런 누나가 자랑스러운 태훈이다.

"저희 이제 모의재판 시작할 건데."

"아, 들었어요. 저희 태훈이가 얼마나 못하는 지 봐야죠."

"혜지 씨가 재밌는 부분이 있네요."

그녀의 말솜씨에 TV와는 다른 모습이라는 듯 법무법인 사람들은 웃어재꼈다.

"범현이 안녕."

"서울 중앙 지방 검찰청 이범현 검사라고 불러주시겠습니까?"

"맞을래?"

"헤헤."

범현과 누나는 안면을 텄기 때문에 장난도 주고 받는다.
곧 분위기를 무겁게 잡는다.

앞쪽으로 중앙에 재판장 역할인 문수가. 우배석 강민후, 좌배석 한소원이 앉았다.

살인범 역할은 고두환 변호사가 맡았다.

한 마음 법무법인에서 막내이니 어쩔 수 없다.

문수가 분위기를 가라앉히고는 실제 판사로 재직하였을 때와 같은 눈빛으로 법정을 훑듯 사무실을 훑는다.

죄인처럼 앉아있는 고두환을 본다.

"지금부터 2003년 1월 5일 서울 중앙 지방 법원 제2 형사부 재판을 진행합니다. 사건번호 204021. 피고인 고두환의 살해혐의 사건에 대한 공판을 시작 하겠습니다"

형식적인 이야기가 지나간다. 주소나 혹은 주민등록번호 등 그가 하고 있는 일등을 묻는다.

모두 끝나고 검사 역할인 범현이 일어난다.

"피고인 고두환은 현재 일용직 노동자로 근무하고 있습니다. 그는 1999년 일어난 사건번호 199132. 살인사건의 유력 용의자인 피해자 김원호가 증거부족으로 풀려나자 이에 원한을 품고 3년이란 시간동안 그를 미행하였고 그가 술을 마시고 집으로 들어가는 것을 따라 들어가 목, 가슴, 복부, 얼굴 등을 13여 차례를 찌른 후 암매장한 사건을 일으켰습니다. 피고인 고두환이 피해자를 잔인한 방법으로 살해 후 치밀하게 그를 야산에 묻은 후 평상 시와 다름 없이 행동했다는 점, 그 수법이 무척 잔인했다는 점을 염두 하여 형법 제 24장 250조에 의거하여 무기징역을 구형하는 바입니다."

생각 외로 꼼꼼한 조사였다. 더불어 혜지의 경우는 어린 두 녀석이 장난 좀 치겠거니 했지만 무척 진지했다.

다시 형식적인 이야기가 또 오갔다.

"변호인 측 진술하시겠습니까?"

"예."

태훈의 차례가 다가왔다.

그는 몸을 일으켰다.

"확실히 피고 고두환이 피해자를 잔인한 방법으로 살해하고 치밀하였던 점은 부정할 수 없습니다. 그러나 재판장님. 피고인은 3년 전 사건번호 199132사건으로 인해 자신의 혈육인 아버지를 잃었습니다. 그 당시 피고의 나이 고작 열 아홉이었습니다. 어머니는 아버지를 잃은 슬픔으로 쓰러져 현재 식물인간 판정을 받고 병원에 입원하여 있습니다. 적어도 피고 고두환은 그런 어머니의 병원비를 위해 일용직에서 근무하였고 3년이란 시간을 지옥처럼 살아왔습니다. 또한 그에게는 모셔야할 어머니가 있는 것을…."

"이의 있습니다. 변호인은 현재 감정적인 것에 휘둘려

사건에 임하고 있습니다."

범현이 손을 들고는 몸을 일으켰다. 그러나 문수는 고개를 저었다. 범현이 너무 긴장했다.

"변호인 계속 진술해주시기 바랍니다."

실상 감정적일지도 모르나 법원은 어느 정도 피고인이 무기징역을 선고 받았을 시를 감안해야한다.

"또한 피해자와 원한 관계였다는 것을 감안하여 형법 제 51조 및 53조를 참작하여 징역 15년을 선고하여 주시기 바랍니다."

증거 조사 및 증인의 신청을 할 수 있는 시간이다.

재판장은 증거와 제출할 자료를 요구한다.

내려온 스크린에 범현은 준비한 증거를 보였다.

"국립과학수사대로부터 받은 갑 2호 중 자료입니다. 보시면 가슴과 목, 얼굴까지도 피고 고두환은 거의 난도질을 하다시피 한 상태입니다. 또한 여행 가방에 그를 넣어 옮기기 위해 다리 뼈와 목의 뼈까지 골절되어 있는 상황입니다. 그리고 갑 3호 중 문자 내용을 보시면 피고인 고두환은 친구와의 문자에서 아무렇지도 않은 것처럼 행동했다는 것이 보여 집니다."

자료와 문자를 확인했다. 실상 조금 엉성한 것이 있는 건 사실이다. 어쩔 수 없었다. 주어진 시간은 얼마 없었기 때문이다.

태훈의 차례였다.

'태훈이 파이팅.'

누나 강혜지도 어느덧 무르익어가는 분위기에 몰입했다.

"갑 1호 증과 2호증을 제시합니다. 피고 고두환이 아버지를 잃고 심한 우울증을 앓았다는 정신과 의사의 소견서와 얼마 전 있었던 재판의 판결문입니다. 실제 법원이 밝혀내지 못했던 진실을 피고인 고두환이 밝혀냈습니다. 그가 아버지를 죽인 범인이라는 사실을 단정 지었을 때 그는 참을 수 없는 분노를 느꼈고 그에 우발적인 살인을 저지른 바를 감안하여 주시기 바랍니다."

그가 제출했던 것은 고두환이 수감되기 전 제출했던 검찰에 우편으로 제출했던 증거였다. 그 증거는 수립되었고 구속되기 전 살해사건이 일어났던 거다.

법원은 실제로 피고의 증거를 통해 피해자 김원호가 피고의 아버지를 죽였음을 이미 인정한 상황이다.

실제로는 재판의 경우 이렇게 바로 끝나지 않는다.

그러나 재판장 역인 문수와 우배석 좌배석, 세 사람이 이야기를 나눈다.

그들은 꽤 흡족한 표정을 지었다.

"본 법원은 피고 측 변호인이 제출한 정신과 의사의 소견의 우울증이라는 증거를 인정하는 바이다. 또한 피고인

이 아버지가 죽은 후 받았던 고통과 슬픔 역시 이해한다. 아버지를 죽인 이가 그가 맞다고 단정 지은 후 피해자를 무참하게 살해한 것은 죄가 크나 우발적인 범행이었고 또한 3년 간 고통 받으며 어머니를 위해 살아왔던 피고 고두환의 심정에 대해서도 이해한다. 그러나 피고 고두환은 법이 아닌, '살인'으로 그 죄를 물은 것에 대한 죄는 분명히 있고 피해자 김원호가 아무리 아버지를 죽인 살인자라지만 자신과 같은 피해를 그의 가족들이 가질 것을 알면서도 살해한 점을 판단하여 피고인 고두환에게 징역 20년을 선고하는 바이다."

　무기징역에서 20년 정도라면 어느 정도 두 사람의 승부가 50:50으로 끝났다고 볼 수 있었다.

　"우와아! 난 20년이다! 와아! 자유다!"

　"연행해."

　"넵!"

　판결문이 나자 두환이 장난스레 양 팔을 펼친다. 재판장 역할이었던 문수는 우배석, 좌배석 판사 역할이었던 두 사람에게 말하고 그의 양 팔을 잡게 했다.

　"게으르고 일 안 하고 먹기는 더럽게 많이 먹어서 사형."

　"헉…! 재판장님. 아, 아니 박 대표님. 헤헤. 살려주세요."

"집행!"

"끄으윽!"

강민후 변호사가 그의 목을 조르는 시늉을 한다. 순식간에 무거웠던 분위기가 다시 펴졌다.

'법정이란 이런 건가?'

혜지는 다소 놀란 모습이었다. 태훈이 다가온다.

"나 어땠어?"

"올 좀 멋있던데."

그녀가 웬일로 칭찬을 해준다.

"범현이도 되게 잘하더라?"

실제로 범현도 무척 잘했다. 태훈이 조금 봐준 감이 없지 않아 있었긴 하지만 실제 법과대학에 있는 것도 아니고 이제 겨우 고등학생이기 때문이다.

"이거 조금 출출한데."

문수는 두 사람에게 칭찬을 하고는 배를 문질렀다.

이때를 기다렸다는 듯이 혜지가 빙긋 웃는다.

"그래서 제가 준비한 게 있죠."

그 말과 함께 매니저가 피자 네 판을 들고는 들어온다.

"오, 누나 센스."

찡긋!

그녀가 윙크를 해 보인다. 방금 전 그 무거웠던 분위기는 사라지고 피자에 한 마음 법무법인 이들은 환호한다.

방학기간 동안 꽤 유익하게 지낼 수 있어서 무척 뜻 깊었다.

NEO MODERN FANTASY & ADVENTURE

6. 수능

6. 수능

고등학교 3학년. 아이들에게는 지옥과 같은 때가 도래했다. 태훈 역시도 마찬가지였다.

잠을 자는 시간을 줄였다. 서울대학교 법과대학은 호락한 곳이 분명히 아니었다.

하루에 4시간씩 자면서 공부에 임하고 있는 중이었다.

새벽 2시. 시간을 확인한 그는 기지개를 쭉 폈다.

"끄으으차!"

기지개를 편 후 화장실을 갔다가 물을 마시러 온 태훈은 싱긋 웃었다.

"집이 넓으니 좋구만."

누나의 성공은 집안을 부흥시켰다. 현재 그녀의 연 소득이 7억 원을 넘어선 때였다. 대단했다.

 만약 인성기업에 갔다면 병은 병대로 걸렸을 것이고 소득도 많아봐야 연 3천 5백 정도 밖에 되지 못했을 것이다.

 흐름의 변화가 이렇듯 큰 축복을 줄진 미처 몰랐다.

 물을 마신 후 그는 들어가기 전 식탁 위에 올려진 신문을 보았다.

 아까 전 자신도 보았다.

 2면에는 '인성기업 반도체 업체 백혈병 환자 보호자들의 탄성!' 이라고 적혀져 있었다.

 하나 둘 계속해서 백혈병 환자들이 나오는 모양이었다.

 그는 신문을 구겼다.

 아직 어렸기에 나서지 못하는 것이 한이었다.

 대학교, 군법무관, 사법연수원 등을 합치면 족히 9년은 잡아먹을 것이다.

 아직 갈 길이 멀다. 어서 다녀와야 그들에게 무서운 게 뭔지 보여줄 수 있었다.

 곧 그는 잠을 자기 위해 방으로 들어갔다.

❁

 태훈은 학생회장이 되었다. 그리고 공교롭게도 몇 표 차이로 진 범현은 학생 부회장이 된 상황이었다.

어느덧 원서도 적기 시작했다. 원서에 태훈과 범현은 당당하게 1지망에 서울대학교 법과대학을 적었다.

원서가 제출되고 며칠 지나지 않아서였다.

교장 선생님의 호출이 있다는 말에 교장실로 내려왔다.

"어서 와라."

교장 선생님은 크게 반겨주었다.

대충 왜 부른지는 짐작이 간다.

태훈과 범현은 전주 고등학교에서는 도두가 주목하는 인재들이었다. 두 사람 모두 성적이 항상 최상위권을 유지하고 있었다.

또 한 사람의 아버지는 부장판사로써 근무하고 계셨고, 한 사람의 누나는 유명한 연예인이었다.

가족력 역시 남 다른 두 사람이다.

"그래, 이번에 두 사람 모두 1지망을 서울대학교 법과대학을 썼더구나."

"네."

두 사람은 고개를 끄덕였다.

"공부하는 건 힘들지 않고?"

"네."

형식적인 대화가 오갔다. 이런 걸 '특별관리' 라고 할 수 있겠다. 학교에서 주목받는 인재이니 교장까지도 관심을 두는 것이다.

그러나 그들이 관심을 둔다고 해서 달라질 게 무엇이 있겠는가.

더 부담감만 느낄 뿐이다.

"너희들이 하고 싶은 꿈을 이루고 그 일을 하면 그걸로 행복한 거다."

"네."

고개를 끄덕였다.

곧 대화는 끝나고 다시 올라왔다.

"대체 왜 부른 거래?"

"우리한테 잘 보이고 싶었나보지. 미래 검사 변호사니까."

태훈은 쓴웃음을 흘렸다. 범현은 어이가 없다는 듯 고개를 저었다.

"니들은 수능이 코 앞인데 어디를 그렇게 싸돌아다녀?"

두 사람이 함께 들어오자 공부를 하고 있던 지훈이 눈총을 보냈다. 지훈도 서울대학교 쪽은 아니지만 지방의 의과대학을 노리고 있었다.

그도 상당히 많이 발전한 편이다.

태훈과 범현은 다시 자리에 앉아 공부에 전념하기 시작했다.

※

수능이 바로 다음 날로 다가왔다.

그동안 특별한 일은 없었다. 있다면 얼마 전 빼빼로 데이 때 태훈의 책상과 사물함 안으로 빼빼로가 수북하게 쌓였었다는 것 정도다.

그리고 범현도 이와 마찬가지였다.

두 사람은 학교에서도 인기스타들이었다.

잘 생긴 외모에 훤칠한 키. 최상위급 성적에, 좋은 집안까지.

흔히 사람들이 말하는 엄친아가 바로 두 사람이라고 할 수 있었다.

그러나 두 사람은 현재 연애에는 큰 관심은 없었다.

대학교나 들어가면 이제 좀 인생을 즐겨볼까 싶겠지만 법과대학은 그런 것이 없다.

사법고시를 합격하지 못하면 말짱 도루묵이었고 사법고시 합격 후에는 그나마 연수원에 들어가 연수생들과 연애를 할 수는 있을 터이다.

"강태훈. 너 쪽팔리게 성적 떨어지면 죽는다."

서울에 오피스텔을 얻어 그곳에서 줄곧 생활하고 있는 누나도 태훈을 응원(?)하기 위해 내려왔다.

"걱정 마. 그런 일 없을 테니까."

아버지 어머니의 관심사도 태훈의 수능에 향해있었다. 어머니는 며칠 전에 교회에서 새벽을 꼬박 새며 기도하셨다.

그러나 태훈은 자신을 믿었다. 누구보다 최선을 다해 공부했고 노력은 결실을 맺으리라 확신한다.

수능 전날 밤은 평소보다 조금 더 일찍 자기 위해 눕는다.

괜히 긴장해서 다음 날 오히려 컨디션이 좋지 않으면 악효과만 난다.

그는 수능에 대한 걱정 따위 없는 듯 잠에 빠져든다.

아침 일어나자마자 어머니가 차려주신 아침식사로 든든하게 배를 채웠다. 과거 처음 수능을 치를 때에는 청심환까지 먹고 수능장에 갔을 정도로 떨었지만 한 번 해본 놈이 낫다고 그런 건 없었다.

씻고 나온 그는 사복으로 갈아 입었다.

"식탁 위에 엿 있어."

"호호. 태훈아 엿 먹어라."

어머니의 말 뒤에 이어진 누나는 엿 먹으란다. 엿 하나를 입에 넣고 오물거렸다.

쨍그랑!

그러던 중 요란한 소리가 들려 고개가 휙 돌아갔다.

누나가 어머니의 설거지를 돕다가 접시를 놓쳐 깨뜨렸다.

바닥에 떨어진 접시를 보며 세 사람의 눈이 일제히 떨렸다.

'뭐야. 불길하게….'

"빠, 빨리 치우자. 움직이지들 마."

그러나 곧 태훈은 그들의 발밑의 깨진 접시를 치우기 시작했다. 그러다 손가락이 베였다.

'왜 이래 진짜.'

수능 보는 날 아침. 모든 게 수월하다고 생각됐는데, 접시가 깨졌고 손가락을 베였다.

갑자기 느낌이 싸해진다.

"괜찮아?"

누나가 후시딘을 가져와 발라줬다. 접시는 어머니가 이미 다 치우셨다.

괜찮아라고 말하고 시간을 확인했다. 곧 나갈 채비를 했다. 가족이 함께 누나가 이번에 아버지께 뽑아드린 차량 그랜져를 타고 수능을 보게 될 전북고등학교로 향하고 있었다.

"뭐야, 왜 안 가?"

갑자기 도로에 혼선이 빚어졌다.

아침 불길했던 예감이 현실이 되는 순간이었다.

시외버스와 5톤 트럭이 충돌하여서 도로를 꽉 막고 있었다.

5톤 트럭을 적어도 어느 한쪽으로 밀어내야하는 상황이나 아직 밀어낼 차량이 오지 않았다. 분명 과거에는 없던 일이었다. 태훈은 누나가 뽑아준 아버지의 차량을 돌아보았다. 그 당시 태훈은 생각해보면 부모님과 함께 대중교통을 이용해서 갔던 기억이 있다. 그때는 대중교통 때문에 오늘보다 20분 일찍 출발했었다.

10분이 지나고, 15분이 지났다.

점차 초조해지기 시작했다.

"경찰 아저씨! 우리 딸 좀 수능장에 데려다주세요!"

거리의 혼선을 통제하기 위해 경찰들이 왔다. 그러던 중 오토바이를 탄 순경들에게 사람들은 손을 흔들었다.

경찰들은 서둘러 타라는 손짓을 하며 그들을 태웠다.

"여기요! 여기도 있어요!"

태훈의 가족들도 모두 내려서 손을 흔들었다. 그러나 앞에서 이미 다른 수능생들이 전부 잡아채 오토바이는 한 대도 남지 않은 상황이었다.

경찰들은 난감한 기색을 보이고 있었다.

아직 이 길을 벗어나지 못한 학생들이 다섯 명은 되었다.

수능 시간까지 얼마 남지 않았다.

사고로 인해 학생들이 수능을 치지 못하면 얼마나 가슴 아파할지 그들도 안다.

지금 뛰거나 걸어도 수능장까지는 족히 25분은 걸릴 터였다.

빵빵빵!

그때였다.

뒤에서 요란한 클락션 소리가 들리기 시작했다.

절망에 빠진 수능생과 가족들의 시선이 일제히 돌아갔다.

'신속배달'

'피자배달'

배달용 오토바이 여섯 대가 차들의 틈을 비집고 빠르게 접근하고 있었다.

학생들이 도로의 혼선으로 수능장에 가지 못했다는 소식을 접한 배달꾼들이 모인 것이다.

"아직 대한민국 정의(正意)는 살아있어!"

그 모습에 경찰관이 흥분하여 외쳤다.

"빨리 타요!"

그들은 학생들을 바로 태울 수 있게 그들의 차량 바로 옆까지 이동해 학생들을 태웠다.

"어!? 강혜지 씨 아니예요?"

"네네! 맞아요! 어서 저희 태훈…."
"저 강혜지 씨 팬인데,"
"싸인이고 사진이고 뭐고 다 해줄 테니까 제 동생부터 보내달라고요!"
"네, 네…."
서른 초반으로 보이는 남성은 누나의 답답하다는 화에 놀란 모습이다. 태훈이 다급하게 오토바이 위에 올랐다.
"우리 태훈이 파이팅!"
"강태훈 넌 할 수 있어 자식아!"
"태훈아, 시험 잘 봐라"
가족들의 격려를 받았다.
"꽉 잡아요."
부으응!
오토바이가 순식간에 속력을 냈다. 태훈은 다소 놀라 그의 허리를 붙잡았다.
시간이 촉박했다.
"더 빠르게 갑니다."
부아아앙!
빠르게 속도를 내기 시작한 오토바이에 태훈은 기겁했다. 새로운 인생을 살아보나 했더니 죽는 건 아닌가 싶을 정도였다.

그만큼 남성은 빠른 속도로 운전하고 있었다.

차들의 사이를 요리조리 피하면서 달리는 오토바이는 단 5분 만에 수능장 앞에 도착했다.

"학생, 여기 진성반점이거든요. 자주 시켜먹어요. 참, 배달하러 갈 때 싸인 해주는 거 잊지 말라고 혜지 씨한테 전해주고요."

"네, 감사합니다!"

이미 앞서 출발한 배달 오토바이들이 도착해 있었다. 태훈까지 들어가고서 얼마 후 수능장 문이 닫혔다.

빠라바라바라밤

빵빵빵!

"우후우!"

배달원들의 무사히 해냈다는 클락션 울리는 소리가 퍼졌다. 태훈은 서둘러 안으로 뛰쳐 들어갔다.

"왜 이렇게 늦었어?"

"그럴 일이 있었다."

다행이도 시간 안에 시험을 볼 교실로 들어올 수 있었다. 들어오자마자 같은 반에서 함께 시험을 보는 지훈도 애가 탔던 듯 그를 반겨주었다.

"자, 시험 시작합니다."

감독관들이 들어오기 시작했다.

학생들은 마른 침을 꿀꺽 삼켰다.

아침부터 요란한 소란을 겪었던 태훈은 쿵쾅거리는 심장을 진정시켰다. 접시가 깨지고 손가락이 베이는 불길함의 징조가 아까 전 거리의 혼선이었다면 자신은 무사히 이겨낸 셈이었다.

이제 남은 것은 자신의 실력을 보여주는 일이었다.

그는 문제를 노련하고 정확하게 풀어가기 시작했다. 이번연도 수능은 조금 어려웠던 것으로 태훈은 기억하고 있었다. 그러나 웬일인지 문제의 답은 술술 풀려나가고 있다.

"선생님, 저 배가 너무 아파요…."

한 남자 아이가 배를 움켜잡으며 몸을 일으켰다. 얼굴이 붉게 달아올랐다. 극도의 긴장과 스트레스가 배를 뒤흔들어놓은 것이다.

감독관들은 난처한 표정이다.

그가 화장실을 가면 1교시는 무효처나 마찬가지다.

아이도 그것을 알 것이다.

참다 참다 몸을 일으켰겠지.

"다녀와라. 답안지는 우리가 걷도록 하마."

결국 감독관은 안타까운 표정으로 말했다.

"크흐흐흑!"

우습게도 아이는 울음을 흘리며 배를 부여잡고 화장실로 뛰쳐 나갔다.

불쌍한 놈.

그런 것에 신경 쓸 겨를이 없었다.

태훈은 다시 문제에 집중했고 모두 푼 후에는 문제지에 적은 답이 확실히 맞는지 세 번을 확인한 후에서야 OMR 카드에 답을 적었다.

시험은 계속되었다. 문제를 볼 때마다 마법처럼 눈 앞으로 답이 보였다.

그것을 명쾌히 적을 때마다 가슴으로 짜릿한 전율이 느껴졌다.

시험이 끝났을 때에는 태훈의 얼굴로 만족스러움이 맺혔다. 적어도 자신이 잘 풀었는지 못 풀었는지는 누구보다 잘 알고 있다.

수 년간의 서울대학교 법과대학을 가기 위한 수능은 끝났다.

❊

2004년도 수능.

393점 인문계 전국 수석. 강태훈.

강태훈은 2004년도 수능에서 수석을 맞이했다.

전주 고등학교에서 다시는 나오기 힘든 인재의 탄생이었다.

실상 태훈 본인도 크게 놀랐다.

수능 수석은 어지간한 천재들도 힘든 것은 사실이었기 때문이다.

그리고 이범현의 경우 382점으로 그 역시도 대단한 점수를 맞았고 지훈도 지방의대에 장학금을 받고 다닐 수 있는 점수를 창출해냈다.

전주 고등학교에서 관심을 한 몸에 받던 삼인방이 크게 해냈다라고 할 수 있었다.

"범현아."

"응?"

태훈의 목소리는 조금 떨렸다.

"나 기쁘긴 한데, 좀 창피하다."

"뭐가 좋기만 하구만."

"왜 임마 멋지기만 한 것 같은데."

수능 결과가 발표되고 학교 측에 태훈이 수능 수석이라는 점수가 알려진 후 다음 날 학교에 오자마자 학교의 정문에는 플랜카드가 붙었다.

-(경)3학년 2반 강태훈의 393점. 수능 수석을 축하합니다(축)

물론 경사가 날만한 일이긴 하지만 너무 동네방네 소문이 나는 것은 아닌가 싶다. 그러나 당사자인 태훈도 내심 기분이 좋은 건 사실이었다.

"여! 수능 수석 강태훈이 아니야!"

"이야! 자랑스러운 전주 고등학교의 명물들!"

"열!"

학교로 삼인방이 함께 들어가자 수많은 이들이 아는 척을 했다.

후배들은 동경의 눈빛을.

교사들은 자랑스러움을.

친구들은 부러움을 보였다.

태훈과 범현, 지훈은 고개를 빠빳이 세우고 가슴을 쭉 펴기에 여념이 없었다.

※

당연하게도 태훈이 전국 수석으로 수능을 끝내자 가족은 눈물 나게 기뻐할 수 밖에 없었다. 어머니는 그 사실을 듣자마자 다리에 힘이 풀리셨을 정도다.

전국 수석. 그것은 분명 쉬운 일이 아니었으니까.

이제 학교의 주된 관심은 태훈과 범현이 나란히 서울대학교 법과대학에 합격하느냐 마느냐였다.

당연하게도 서류는 무난히 통과 했다.

서울대학교 법과대학 면접에서 면접관은 태훈에게 물었다.

"어째서 판사, 검사도 있는데 변호사를 지향하나?"

날카로운 질문이다. 실상 태훈은 몰랐지만 '한 마음 법무법인'의 박문수 대표와 친분이 두터운 공석민 교수였다.

박문수 대표는 방학 때마다 아르바이트를 하기 위해 오는 태훈과 범현에게 큰 관심을 가졌고 태훈에게는 상당히 큰 기대를 가지고 있는 편이었다.

아직 어린 고등학생에 불과했지만 그는 의젓했고 법에 대해서도 한 마음 법무법인의 이들과 견줄 정도. 아니 그 이상이라고도 할 수 있었기 때문이다.

공석민 교수도 그에 대해 큰 관심을 가지고 있었다.

수능 수석.

쉽사리 마주할 수 있는 인재는 아니었음이 사실이다.

"어떤 분께서 그러시더군요. 판사는 따분하고 검사는 발냄새가 지독하다. 또 변호사는 목이 아프다."

범현의 아버지를 뵈었을 때 해주셨던 말이었다.

분명 던지듯 한 말일 수도 있겠지만 누군가에는 교훈이 될 수도 있던 말임이 사실이다. 특히나 만약 판사, 검사, 변호사 셋 중에 하나를 고민하던 이가 있었다면 더욱 그랬을 것이다.

"제가 생각한 판사는 진실을 위해, 검사는 정의(正意)를 위해, 변호사는 사람을 위해 있다고 생각합니다."

과거의 태훈이었다면 생각도 못했을 말이다.

새로운 인생을 살면서 확실하게 인지했다.

"모두가 '범죄자'라고 할지라도 다른 누군가가 이길 수 없다고 할지라도 오로지 의뢰인만을 위해 헌신하는 그런 변호사가 되고 싶습니다. 그게 제가 변호사를 지향하는 이유입니다."

"멋진 말이네."

면접관들은 태훈의 말에 빙긋 웃었다. 워낙 머리 좋고 똑똑한 전국의 인재들이 면접을 보는 곳이기에 대단한 말들을 많이 준비한 이들이 많다.

그러나 태훈의 말 속에는 뜨거운 진심이 보였기 때문에 면접관들은 만족하는 모습이었다.

❅

태훈과 범현은 나란히 서울대학교 법과대학에 입학할 수 있게 되었다. 그것도 두 사람 모두 졸업할 때까지 전액 장학금을 지원 받기로 확정되었다.

지훈도 자신이 원했던 대학교에 합격했다. 태훈과 범현은 서울로 올라가는 대신에 지훈은 아니었기에 이젠 만날 일이 조금 뜸해진 것과 같았지만 평생의 우정은 변치 말자는 작은 약속의 건배를 했다.

아직 태훈은 갈 길이 멀었다.

이제 반절이나 왔을까 싶다.

아직도 사법고시에 연수원 과정이 남아있는 실정이다.

숨 고를 틈이 없었다.

얼마 전에는 특별하게도 방송에서 태훈과 그 가족을 취재하기 위해 나왔다. 2004년도 수능수석이라는 이름에 태훈은 신문 기사 한 번 날만 하기도 하긴 했지만 가장 큰 이유는 강혜지의 동생이라는 점이었다.

강혜지의 동생이 수능 수석이라는 것은 사람들을 놀라게 하기에 충분했고 관심이 쏠릴 수 밖에 없었다.

덧붙여 요즘 한참 외모에 물이 오른 배우인 그녀를 빼닮아 잘생긴 얼굴까지 갖춘 태훈이다.

취재는 평범하게 진행이 되었다.

단란한 가족의 모습을 연출했다.

애초에 다른 가정에 비해서는 단란한 편이기는 했다.

가족에 변화가 생긴 것 중 하나가 더 있다면 아버지와 어머니가 창업을 할 수 있게 누나가 지원하고 있다는 것이다.

두 분이 얼마 전에 전주에 차린 고기 집은 두 분의 서비스 정신과 맛에 상당한 손님몰이를 이끌어가는 중이었다.

부모님이 창업하신 가게.

불이 모두 꺼졌지만 고기 상을 펴놓고 TV앞에 앉아 고기를 먹으며 자신들이 나오는 방송을 보는 가족들은 시선

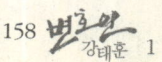

을 떼지 못했다.

　-강태훈 군에게 누나 강혜지 씨란?

　VJ의 질문에 TV속 태훈의 얼굴로 작은 미소가 번졌다.

　그와는 다르게 현실 속 태훈은 헛기침을 크게 했다.

　"크허험! 험험! 콜록! 사례가 들렸나!? 콜록콜…."

　"닥쳐봐 쫌!"

　혜지가 듣지 못하게 시끄럽게 하는 태훈의 입에 상추를 쑤셔 넣어 입을 막았다.

　-누구보다 소중한 사람입니다. 작고 가녀린 사람이기도 하지만 강하고 누구보다 의젓한 사람이기도 해요. 평생 곁에서 지켜주고 싶은 사람입니다.

　"흠흠. 대사가 조금 그렇구나."

　"호호. 그렇긴 하네."

　무척이나 낯간지러운 대사였다. 태훈은 괜히 무안해져 콜라만 마셨다. 그리고 그 다음으로 VJ는 그 마이크를 혜지에게 가져갔다.

　-혜지 씨에게 가족이란?

　"콜록콜록! 크함! 여기 왜 이렇게 습해. 콜…."

　"좀 조용히 해!"

　"네…."

　이번엔 누나가 방금 전 태훈이 보였던 행동을 그대로 따라했다.

세 사람이 일제히 눈을 부라리며 말했다.
-세상에서 가장 믿을 수 있고 사랑하는 사람들이요.
"윽, 닭살. 누나가 저런 멘트를 하다니."
실제 누나의 평소 성격은 무척 터프하고 쿨한 편이었다. 방송용 멘트가 곁들여진 것이기도 하겠지만 새로운 모습이다.
"입맛이 떨어졌구나."
"나도 그래."
아버지와 어머니는 수저를 조용히 놓으신다.
태훈은 그 모습에 웃음을 터뜨려버렸다.
이제 내일이면 태훈은 서울로 올라간다. 아직 개학일이 된 것은 아니었지만 미리 범현과 올라가 있기로 이야기 했다.
오늘은 하하호호 웃으며 한숨 돌릴 수 있어 편안했다.

❋

2월 10일. 태훈이 청운의 꿈을 안고 서울로 올라왔다. 서울로 올라온 그에게 누나는 오피스텔을 잡아주었다.
"누나. 혼자 살기엔 너무 크지 않아."
오피스텔은 18평 정도 되는 것 같았다. 확실히 혼자 살기엔 큰 감이 없지 않아 있었다.

덧붙여 서울권의 집값은 월세든 전세든 뭐든 다 비쌌다.

최소 이 정도 오피스텔이면 월세라고 해도 월 40이상은 나갈 것으로 추정된다.

"서울대학교 법과대학 들어가는 애가 이런 데에서는 자줘야지."

그녀는 시큰둥하게 말했다. 그리고 곧 그녀는 태훈을 이끌었다.

태훈을 이끈 그녀는 주차장으로 향했다.

그리고는 주머니에서 차키 하나를 꺼냈다.

"네 차야."

"응? 다시 한 번만 말해줄래?"

"너 대학교 합격 축하 선물이라고."

"……."

누나 혜지는 태훈을 끔찍하게 아낀다. 아니 가족을 통틀어 전부 끔찍하게 생각한다는 게 맞을 것이다. 자신은 싸구려 옷을 입어도 가족에겐 좋은 것을 해주려는 사람이다.

축하 선물이라고 있는 것은 소나타 차량이었다.

태훈은 1월 달에 졸업하자마자 면허증을 땄다.

물론 운전에는 이미 큰 일가견이 있었다.

"너무 무리하시는 거 아닌가."

"하이구, 얼마 하지도 않던데요."

차 한 대 값 정도와 오피스텔 구해주는 가격이 이젠 정말 얼마 하지도 않을 정도의 재력을 갖추게 되었나보다.

하긴, 연 억대의 수입을 벌어들이는 누나다.

"어깨 피고 다녀. 누구한테든 지지마. 넌 우리 집안 장손이니까."

태훈은 내심 그녀에게 고마웠다. 항상 이렇듯 자신을 챙겨주는 그녀가 너무 좋다.

물론 물질적으로 잘해줘서 좋다는 의미는 아니다.

"들어 가."

태훈이 주차장에 주차된 밴에 오르는 그녀에게 손을 흔들어주었다. 빙긋 웃은 그녀는 곧 유유히 사라졌다.

신입생 오리엔테이션.

모든 이들의 이목은 태훈과 범현에게 집중될 수 밖에 없었다.

얼마 전 방송에 강혜지의 동생이라고 전파 되었고 2004년 유독 어려웠다는 수능에서 수석을 차지한 변호사를 꿈꾼다는 강태훈.

유능한 판사를 아버지로 두고 세계적인 한복 디자이너를 어머니로 둔 태훈 못지 않은 성적을 가지고 있는 이범현.

이 두 사람에게 이목은 집중 될 수 밖에.

두 사람 모두 훤칠한 키에 얼굴까지 잘 생겼으니 특히나 여자들은 눈을 더욱 떼지 못하기 마련이었다.

술을 마시는 자리에서 수많은 이들이 두 사람에게 유독 관심을 보이고 있었다.

두 사람은 계속해서 권해지는 술잔을 거침없이 들이켰다. 범현과 태훈 두 사람 모두 말술이었기 때문에 술을 마시는 것에도 두각을 드러내고 있었는데, 유독 두 사람에게 좋지 않은 시선을 보내는 이가 있었다.

약육강식(弱肉强食)의 세계에서 사자였었고 항상 관심을 받았으며 찬사를 받았던 이가 자신의 자리를 빼앗겼다.

그는 바로 김민석이었다.

그는 훤칠한 키를 가지고 있다.

얼굴도 잘 생겼다.

특히나 가장 주목할 만한 것은 가족력이다.

아버지가 인성기업의 회장님이었다. 많은 것을 갖춘 아이이다.

그러나 정작 범현과 태훈에 의해 항시 받던 찬사와 부러움의 시선을 얻지 못하고 있었다.

태훈도 내심 김민석이라는 이가 거슬렸다.

실상 태훈은 인생의 변곡점을 가지게 되었다.

본래 지방대에 갔으나 현재는 국내 최고의 서울대 법과대학으로 왔고 수능에서도 수석이라는 이름을 거머쥐게 되었다.

많은 것이 변했다.

그러면서도 태훈에게는 원수와 같은 기업의 수령의 자녀의 등장에 신경 쓰일 수 밖에.

그러나 민석에 대해서 아는 건 많이 없었기에 지금 그닥 나쁘게 보고 있진 않다.

그 인성기업에 문제가 있던 것이지 회장의 아들인 재벌 3세에게 문제가 있는 것은 아니었으니까.

태훈은 몰랐으나 민석은 문제가 있는 경계해야할 요주의 인물이었다. 성격이 악랄하고 포악했다.

남이 가진 것을 빼앗고 싶어 하고 더욱더 큰 욕망을 충족하려는 이였다.

많은 것을 가졌어도 더 많은 걸 가지려고 하는 악랄한 이였다.

더 우스운 것은 중고등학교 시절에는 일진의 무리를 만들어 학교의 아이들을 괴롭힌 장본인이며 배경을 이용해 학교 전체를 휘어잡았다는 것이다.

교사들도 회피했던 존재.

김민석이 태훈과 범현을 아니꼽게 보았다.

NEO MODERN FANTASY & ADVENTURE

7. 법과 대학에서의 숨 막히는 나날

7. 법과 대학에서의 숨 막히는 나날

민석의 많은 것을 알고 있는 그와 같은 학교 고등학교 동창이자 그의 부하 노릇을 하면서 많은 떡고물을 얻어먹는 한기태는 고개를 절레절레 저었다.

'쟤들은 무슨 죄냐.'

그도 민석의 부하 노릇을 하면서도 그의 괴롭힘을 받는 아이들을 보면 불쌍하기 그지없었다.

"쟤들 좀 불러와봐."

"OK."

민석의 턱짓에 주저 없이 몸을 일으켜 두 사람에게 향하는 기태다. 태훈과 범현의 주위로는 이미 많은 아이들이 있었다.

그들은 많은 것을 묻고 있었고 친해지고 싶어 하는 기색이었다.

"너희가 이번에 친구끼리 수석으로 입학하는 강태훈하고 이범현이지?"

기태의 등장에 범현과 태훈의 시선이 돌아갔다.

태훈은 본인도 모르게 민석이라는 이에게 시선이 갔기에 그의 옆에 붙어있던 아이라는 사실을 알 수 있었다.

"그런데 왜?"

범현이 또 친구 하나 늘었다. 라는 표정으로 빙긋 웃었다.

"김민석이라고 알아?"

"아, 그 인성기업 회장님을 아버지로 두었다는?"

"그래."

범현도 오리엔테이션에서 이야기를 하다 알게 된 내용이었다.

인성기업하면 국내 최고의 기업 아니던가.

오리엔테이션에 참석한 모든 인원은 김민석이라는 이가 있다는 걸 이미 들었다.

"그 친구가 좀 보재."

"오, 그래? 어딨는데."

범현이 주위를 두리번거렸다.

멀지 않은 곳의 기둥에 기대어 앉아 술잔을 꺾으며 픽하고 웃는 민석을 범현과 태훈은 볼 수 있었다.

"일어나. 민석이한테 가자."

일어나라며 눈짓하는 기태를 보며 태훈과 범현은 눈살을 찌푸렸다. 다시 민석을 본다.

그는 여전히 술잔을 기울인다.

'쟤가 오란다고 가야되나?'

동시에 시선이 마주친 두 사람은 그렇게 생각했다.

좋게좋게 민석이라는 이가 자신들과 친해지고 싶어 한다고 생각하려 하고 있었으나 계속 자신들에게 '가자'라고만 하는 기태로 인해 기분이 팍 상했다.

"용건이 있으면 원래 당사자가 오는 게 도리 아닌가?"

"저 친구한테 여기 껴서 같이 술이나 먹자고 하지. 여기로 오라고 해."

볼 일이 있다는 건 민석 쪽이다. 자신들은 새로 사귄 아이들과 술 한 잔 기쁘게 즐기고 있는데, 그가 오란다고 가는 게 더 우습지 않은가.

기태는 당혹한 모습이다.

"너희 쟤 누군지 모르냐? 인성기업의…."

"인성기업의 재벌 3세는 발이 없는 게 아니잖아. 안 걸어 다녀?"

기태의 말을 뚝 잘라 태훈이 실소를 흘렸다.

"멍청한 놈들."

기태는 눈알을 부라리며 성난 목소리를 내고는 몸을 휙 돌렸다.

아이들은 뭐 저런 이상한 녀석이 있나 싶었다.

태훈의 시선이 흘끗 민석에게 향했다.

그의 표정이 기괴하게 일그러졌다.

'좋은 놈은 아닌가보네.'

태훈은 그 표정만 보고도 직시했다. 좋은 녀석이 아니다. 들고 있던 종이컵의 술을 맨 바닥에 뿌린 그는 터벅터벅 술을 마시는 그들에게 다가왔다.

그리고는 쭈그리고 앉아 컵을 내민다.

"나 김민석이다. 한 잔 줘라."

"그래. 반갑다."

태훈이 술병을 집어 그의 잔을 채워줬다.

단숨에 들이킨다.

태훈의 잔에 이번에 그가 따라준다.

그도 단숨에 들이켰다.

"좀 앉아도 되나?"

"그래."

그는 원을 그리고 앉아있던 아이들 틈을 파고들었다.

아이들이 입을 꾹 다물었다.

분위기가 심상치 않았기 때문이다.

"내가 인사하고 싶어서 기태한테 시켰는데, 그거 때문

에 마음 상했던 게 있다면 미안하다."

"그럴 수도 있지 뭘."

태훈과 범현은 고개를 저었다. 그러나 민석의 표정이 미안한 기색이 아니라는 걸 두 사람은 이미 눈치 챘다.

"사실 말이야. 강태훈? 너라는 친구한테 볼 일이 있는데."

"나?"

"그래."

민석은 작은 웃음을 지었다.

"너희 누나 이번에 우리 인성기업에서 출시한 휴대폰 메인 모델로 광고 출연하게 됐잖아."

"그렇지."

애석하게도 누나는 과거 자신을 죽음으로 몰고 갔던 인성기업에 현재는 CF하나를 촬영하고 있었다. 실상 이 부분은 태훈이 뭐라고 하면서 막기에도 껄끄러운 부분이었기에 큰 신경은 쓰지 않았다.

누나는 연예인으로써 광고를 찍는 것뿐이었기 때문이다.

"우리 아버지가 만드신 인성기업에서 너희 누나를 고용해서 사용해줬으니 그럼 감사의 인사로 네가 먼저 와서 인사해야 되는 거 아니냐?"

와직!

그는 얼굴을 굳히면서 종이컵을 일그러뜨렸다.

순간 주위가 조용해졌다.

태훈은 황당하다는 듯 실소를 흘렸다.

"너 말 가리면서 안 하냐."

범현이 발끈했다.

"사용해? 인성기업이 누나를 사용해? 우리 누난 물건이 아닌데."

태훈은 그 말을 곱씹었다. 그의 독기 품은 눈이 민석을 보았다.

태훈은 진심으로 화가 솟았다. 가뜩이나 인성기업 자체에 대한 부정적인 인식을 본래 가지고 있던 그다.

"푸흐흐흐! 하하하! 아하하 너무 웃겨. 야, 장난 좀 친 거 가지고 왜들 그러냐. 내가 원래 좀 말을 잘 못 가려. 너무 귀하게 자라서 그런가봐. 아무튼 기분 상했다면 미안하다."

그는 눈물까지 짜면서 박장대소를 혼자 터뜨려 배까지 잡고는 웃더니 태훈의 어깨를 두들겼다.

"재밌게들 놀아라."

한 쪽 손을 들어 올리고 웃음을 흘리던 그는 자신의 자리로 돌아가려 했다.

"야, 다음부턴 입 조심해라. 오늘은 참는다."

"아아, 알았다. 정말 미안하다."

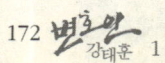

태훈은 쐐기를 박았다. 괜한 문제를 일으키곤 싶지 않았기에 이 선에서 참는다.

자신의 자리로 돌아온 민석의 표정이 다시 딱딱하게 굳어졌다.

"감히 나한테 저런 표정을 지어? 한낱 버러지 같은 자식들이."

"다음부터는 저 코를 납작하게 해주자."

민석의 말에 기태는 아부를 떤다.

민석의 담당 주치의는 그의 포악하고 자기중심적인 생각에 그에 대한 소견을 민석의 아버지 김민국에게 전했다.

자기애성 인격장애.

무한한 성공욕으로 차득 차 있고 주위에서 관심과 존경을 받기 위해 애쓴다. 지위나 성공을 위하여 대인관계의 착취 공감, 사기성 같은 행동 또한 보인다.

스스로 천재라 생각하고 자신이 가장 특별하다고 여기며 자신을 제외한 다른 이들은 자신보다 못하다고 여긴다.

김민석은 자기애성 인격 장애의 표본이라고 할 수 있다.

때문에 그 아버지 김민국은 이미 그를 후계자로 포기하고 둘 째 아들을 후계자로 두고 있었다.

'아, 보고 있기만 해도 피곤하다.'

태훈도 대충 그의 성격이 어떤지 눈에 들어왔다. 슬쩍 본 그는 히죽 거리며 웃고 있었다.

그러나 겁나진 않는다.
단, 저런 놈들은 가끔 무슨 짓을 할지 모른다는 게 문제였다.
그는 입안을 맥주로 축였다.

❋

법과 대학 생활이라고 해서 크게 전과는 다를 건 없었다. 단지, 고등학교 때 엄격했던 것이 조금 자율적으로 변했다는 것과 술과 담배를 즐길 수 있게 되었다는 것이 다른 점이다.
태훈은 똑같았다.
공부에 전념했고 운동을 빼먹지 않았다.
하루에도 선배 동기 가리지 않고 고백이 들어오면 모두 뺑하고 걷어차기 일쑤였다.
그는 학교에서도 '철벽남'이라고 불릴 정도였다.
민석은 생각보다는 태훈을 공격해 들어오진 않았다.
단지, 학교 생활을 시작한 지 며칠 되지 않았음에도 자신의 무리를 모으고 있는 모습이 보였다.
돈의 힘은 위대했다.
며칠 지내면서 그의 소식을 더 접할 수 있었다.
인성기업의 회장이 버린 자식이라는 소문이 무성했다.

그러나 실질적인 마르지 않는 카드는 주어졌다고 한다.

마르지 않는 카드는 한도 없는 돈을 말한다.

녀석은 돈으로 친구들을 끌어들였고 그것으로 친구들을 이끈다.

여자들 역시도 마찬가지였다. 근데 우스운 건 녀석은 친구들을 끌어 들이는 것에 차별을 둔다.

집안이 어느 정도 준수해야했고 성적도 좋은 편에 속해야했다.

그런 아이들 위주로만 친구들을 모은다.

한심한 녀석 같으니.

태훈은 고등학교 때처럼 일진의 모습이라도 보이려는 민석을 보며 혀를 끌끌 차며 애초에 관심을 껐다.

자기 앞가림 하기도 힘든데, 남의 정신연령 미만의 행위를 보면서 동요할 순 없었다.

오늘도 집에 들어가기 전 체육관에 들리기 위해 걸음을 옮겼다.

이종 격투기 체육관이었다.

대호에게 배운 이후로 계속 이종 격투기를 배우고 있는 태훈이었다.

그런데, 대호에게 배웠던 때만큼의 성과는 실상 없었다.

그럼에도 태훈은 도장 내에서 꽤 에이스로 거듭나있었다.

더불어 공부만 하는 서울대학교 법과대학 학생이라는 것에 관장도 다른 이들도 꽤 놀랐다.

관장은 그가 강한 이유 중 하나를 '두려워하지 않는 것.'과 '독종성' 때문이라고 말했다.

한 번 주먹을 휘두르면 멈추지 않아서 독종이라고 하고, 주먹이 눈 앞으로 날아와도 깜빡하지도 않아서 한 말이다.

체육관의 문을 열고 들어가려던 태훈은 그 앞에 익숙한 얼굴이 서 있자 화색을 띠웠다.

다름 아닌 원대호였다.

"어이, 서울 법대생."

"형!"

태훈은 반가운 기색을 지울 수 없었다.

그에게 안기기라도 하려는 듯 다가갔다.

그순간 대호의 주먹이 빠르게 뻗어왔다.

태훈은 주먹의 거리를 계산하여 멈췄다.

코앞으로 그의 주먹이 멈춰 있었다.

"이 무서운 인사법은 여전하네요."

"항상 주먹을 경계하라."

그는 픽하고 웃었다.

그리고는 묻는다.

"오늘 운동 할 거냐?"

"형이 절 보러 왔는데 까짓 거 하루 정도는 재끼죠."

"이런 성실한 새끼. 술 한 잔 하러 가자."

오랜만에 만난 대호는 더욱더 훤칠해졌고 체격도 커진 것 같았다. 그가 자연스레 어깨를 걸쳤다.

함께 멀지 않은 곱창 집으로 왔다.

술 몇 잔이 들어가고 이제까지의 이야기들을 안주 삼자 시간 가는 줄 모를 정도였다.

오랜만에 제대로 웃어보는 기분이다.

그래도 중학교 시절에는 두 사람이 꽤 두터운 친분이었고 술을 마시며 이야기하니 그때 태훈과 공부했던 것을 기반으로 지금도 공부를 게을리 하지 않는다고 한다.

"형, UFC 준비한다."

"UFC요? 그 세계적인 이종 격투기 대회?"

태훈은 몰랐던 것처럼 놀란 기색으로 묻는다.

"말했잖아 새로운 감독님을 만났는데, 그 분이 날 UFC에 보내려고 해. 근데 걱정이 이만저만이 아니다."

그는 새로운 감독을 만났다고 언급했는데, 그 감독이 국내에서도 알아주는 이종격투기 감독이었다.

그는 대호의 숨겨진 재능을 발견하고 그를 특별 관리하고 있다고 들었다.

"며칠 전에 전국에서 주먹 좀 쓴다는 애들하고 붙으려고 전국 곳곳을 감독님하고 함께 다녔는데 난 우물 안 개구리였어. 가장 무서웠던 건 장찬성이라는 사람이었는데.

지치지 않더라. 완전 좀비야. 좀비. 내가 그렇게 패할 줄은 꿈에도 몰랐다. 내 인생 처음의 패배다."

태훈은 쓴웃음을 지었다. 대호가 '미친개'에 '대한민국의 자존심'으로 불렸다면 대호에게 생의 첫 패배를 안겨준 장찬성이라는 사람은 '코리아 좀비'라고 불렸던 추후 UFC에서 타이틀 전까지 갔던 선수였다.

"요즘 그런 생각이 자주 든다 태훈아."

그는 자신의 손을 주먹 쥐었다 폈다를 반복하며 내려다봤다.

"내가 과연 주먹으로 성공할 수 있을까. 지금이라도 정신 차리고 공부나 할까하는 생각."

첫 패배는 그를 슬럼프에 빠지게 만들었나보다.

태훈은 픽 웃었다.

계속 성장하는 그는 추후 장찬성이라는 UFC계 선수만큼의 힘을 발휘한다. 그가 UFC계의 떠오르는 강자가 되기 전 이런 슬럼프도 있었나보다.

"형. 제가 120등에서 전교 1등이 되었을 때 든 생각이 뭔지 알아요?"

태훈이 그의 잔에 소주를 채워줬다.

"글쎄."

이번엔 대호가 따라줬다.

두 사람이 짠을 하고 단숨에 들이켰다.

"크— 하면 된다. 인생은 노력해서 안 되는 건 없다."

"믿냐?"

"믿어요. 형이 그 주먹 하나로 우리나라를 대표할 사람이 될 거라는 거."

"나도 믿는다. 네가 유능하고 멋진 변호사가 되리라는 거."

두 사람이 말없이 웃었다.

간만에 만나 술 한 잔을 걸치니 술맛이 달아 계속해서 들어갔다.

밤이 깊어간다.

❊

벌써 대학교 2학년이 되었다. 1년 동안 역시나 태훈은 빛을 발했다. 토익이면 토익. 레포트면 레포트. 시험이면 시험. 모든 것이 우수했다. 역시 1학년 수석을 해냈다.

학교 내에서 태훈을 따라올 자는 범현 뿐이었다.

그 뒤로는 민석이었다.

근면도 성실했기에 교수들에게도 인기가 큰 편이었다.

이야기를 하다가 박문수 대표와 아는 사이라는 걸 알게 된 공석민 교수의 수업이 진행 중에 있었다.

그는 칠판에 크게 적는다.

'악법도 법이다.'

악법이라 할지라도 이 법체계 안에 있는 이상 지켜야한다는 의미의 명언이다.

"실상 법은 누군가에는 유리한 것이고 누군가에게는 불리한 것이 분명합니다."

그렇다. 누군가에게는 불리하고 누군가에는 유리하다.

지금의 사회는 그것을.

불리한 자는 힘 없는 자라고.

유리한 자는 힘 있는 자라고 부르기도 한다.

법과 대학의 주를 이루는 교과는 헌법, 민법, 형법, 민사소송법, 형사소송법, 국제법, 노동법, 상법, 행정법, 파산법, 세법 등 실정법에 관한 학문을 주로 이루게 한다.

공석민 교수는 15년 이상을 대형로펌에서 유능한 변호사로 근무했던 이였다. 공익 변호사로서의 활동도 많이 했던 사람이며 배울 것이 많은 사람이다.

"그리고 이 자리에 있는 모든 분들은 때로는 적이 될 수도, 때로는 친구가 될 수도 있다는 점을 명심해야합니다."

그의 강의는 지루하지 않다.

끝나갈 무렵 그의 말에 모두가 고개를 끄덕인다.

"이범현 학생, 강태훈 학생."

"네."

두 사람이 몸을 일으켰다.

"모두가 알다시피 두 사람은 지향하는 게 다릅니다. 범현 학생은 검사를 지향하고 태훈 학생은 변호사를 전향합니다. 어쩌면 추후 적이 되어 만나게 될 겁니다."

강의를 받는 학생들은 고개를 끄덕였다.

"검사는 정의(正意)를, 변호사는 의뢰인을 위합니다. 그러나 한 가지 명심할 것이 존재합니다. 친분이 있다고 법을 지나치지 마십시오. 돈을 준다고 '흑을 백이다!' 라고 하는 헛된 행동! 그것을 하지 마십시오. 그것이 이 시대의 진정한 악법이 되는 것이니까요. 이것으로 강의를 마칩니다."

짝짝짝짝!

박수갈채(拍手喝采)가 이어졌다.

석민은 나가기 전 태훈의 어깨 위에 손을 올렸다.

"이번 레포트 아주 훌륭했어. 두 사람 모두!"

"감사합니다."

그의 칭찬에 태훈과 범현이 빙긋 웃었다.

반면, 민석은 내심 기대하는 표정을 짓고 있었다.

그러나 공석민 교수는 그를 무심하게 지나쳤다.

'제길…!'

항상 이런 식이었다. 민석은 대학교에 와서 태훈과 범현이라는 두 녀석 때문에 한 번도 스포트 라이트 같은 찬사를 받아본 적이 없었다.

항상 3등. 그것이 자신의 성적이다.

볼펜을 쥐고 있던 석민의 손에서 볼펜이 부서졌다.

와직!

'저거 500만 원 짜리 수제라고 하지 않았나.'

그 모습을 보며 기태는 아까운 표정이 되었으나 곧 간신배처럼 말한다.

"저 녀석들 언젠간 네 밑으로 오게 되어 있다니까."

"아부 좀 작작 피워라. 역겨우니까."

1년 동안 기태에게 저 말만 숱하게 들었다. 이젠 지겹다.

"응? 응…."

"저 새끼들. 조만간 제친다. 꼭"

그는 이를 악물었다.

버러지 같은 녀석들이 앞에서 얼쩡거리고 있었다.

이번에 밟아야지 하였지만 결국 이번에도 밀렸다.

그는 재밌는 것이 생각난 듯 빙긋 웃었다.

자신에게는 가장 큰 무기인 돈이 있다는 걸 요즘 잊고 있었다.

그는 지갑을 꺼냈다.

민석이 부순 볼펜에서 시선을 떼지 못하고 있던 기태는 그가 지갑을 꺼내자 그 지갑에 시선을 집중했다.

천만 원짜리 수표가 수두룩했다.

항상 볼 때 마다 가슴이 덜컹하였다. 기태의 형편은 좋은 편이 아니라, 오히려 어려운 편이다.
 그가 이렇게 돈을 꺼낼 때마다 부럽다.
 그는 두 장의 수표를 책상 위로 떨어트렸다.
 "동네 애들 좀 시켜서 쟤네 좀 주무르라고 해."
 "아무리 그래도 학교 친구인데 그건 좀…."
 2천 만 원이라는 돈을 주면서 시킨다는 건, 동네 양아치를 시키라는 건 아닌 것 같았다. 깔끔하고 자신의 신상이 들키지 않는 확실한 이들을 말하는 것일 거다.
 실제 조폭 정도일 것이다.
 "네가 언제부터 내 말에 토를 달았냐?"
 민석은 그를 하찮다는 시선으로 내려다봤다.
 "아, 알았어…."
 '개쓰레기 새끼….'
 수긍하면서도 기태는 한편으로는 그를 욕했다.
 그의 부하 노릇을 하면 떨어지는 게 있었다.
 그가 가볍게 던져주듯 바닥에 천만 원 짜리 수표 한 장이라도 던져주면 그것이 1년 치 생활비가 되곤 했다.
 가난한 형편에 이를 악물고 서울대 법과대학에 겨우 장학금으로 들어온 기태는 어쩔 수 없이 그의 부하 노릇을 하고 있는 것이다.
 가끔은 이런 자신이 너무 한심하다.

운동을 끝낸 후 태훈은 집으로 돌아가고 있었다.

체육관과 집의 거리가 걸어서 15분 밖에 걸리진 않는다.

밤공기가 좋았고 또 그 얼마 안 걸리는 거리를 차를 타고 간다는 건 게을러진다는 증거가 된다.

때문에 학교 갈 때나 집에 올 때가 아닌 체육관에 가거나 돌아올 땐 걸어서 가는 편이었다.

편의점에 들려서 간단한 요기거리를 사서 나온 태훈은 어두운 큰 골목으로 들어섰다.

"룰루루."

콧노래를 흥얼거리며 걷던 그의 콧노래 소리가 점차 작아졌다.

인기척이 있다.

뒤에서 쫓아오는 걸음이 분명히 있었다.

그 발걸음은 조심스러우면서도 천천히 접근하고 있었다.

'뭐지? 인신매매?'

요즘 흉흉한 이야기가 있다 보니 별의 별 생각이 다 든다.

일단은 천천히 걸음을 높여서 녀석들이 정말 자신을 쫓는 것인가 파악했다.

확실했다.

자신이 빨라지면 그들도 빨라진다.

우측으로 빠지는 작은 골목길로 들어섰다.

일단은 도망치는 게 옳다는 판단이 섰다.

바닥에 들고 있던 편의점 봉투를 버리고 뛰기 시작했다.

타타타탓!

골목은 미로처럼 세 갈래로 꼬불꼬불 엉켜있었다.

태훈도 잘 모르는 골목이었으나 일단 들어가고 보았다.

그들의 빠른 뜀박질 소리가 계속 들린다.

그는 다시 꺾인 길로 들어서는 순간 욕설을 속으로 지껄였다.

'젠장!'

막다른 길이었다.

발걸음 소리는 분포되어 있었다.

그러나 곧 그것은 숨죽인 태훈이 있는 곳으로 다가오고 있었다.

모습을 드러낸 이를 본 태훈은 그나마 안도의 한숨을 쉬었다.

'인신매매는 아닌가보네.'

머리를 초록색으로 물들인 남성이 있었다. 바지에는 체인을 주렁주렁 매단 남성은 딱 보기에도 '양아치'라는 표현이 어울릴 듯 하다.

"아 씨발! 존나 예쁜 여자인 줄 알았는데 남자 새끼였네!?"

그의 목소리는 신호탄과 같았다.

분포된 그의 친구들이 골목으로 들어섰다.

하나같이 꼬락서니 하고는

빨보초.

그것이 녀석들 머리 색깔이다.

한숨이 나온다.

이런 녀석들에게 쫄다니.

"왜 여자였으면 뭐라도 하게?"

"아니, 뭐 가슴 좀 만지고 엉덩이 좀 만져볼라고 했더니만. 남자는 관심이 없다."

녀석들 손에 들린 것을 보며 태훈은 애초에 여자를 노린게 아니라 자신을 노린 것을 알 수 있었다.

한 녀석 손에는 소주 병이 들려있었고 다른 녀석 손에는 야구방망이가 들려 있었다.

그나마 다른 한 놈은 아무것도 들지 않았다.

자신을 위협하기에 충분한 모습이다.

한편, 양아치 삼인방은 기분이 좋다.

편의점에서 오늘도 라면으로 끼니를 때우는데 웬 범생이 같이 생긴 안경 낀 녀석이 오더니 1천 만 원을 줄 터이니 법과대학생 두 놈을 해결해달라고 했다.

그들은 순순히 수긍했다.

안 걸리면 ok.

그것이 그들의 사고방식이다.

그러나 사람 잘못 건드렸다.

법과 대학생이라고 해서 얕봤나본데. 태훈은 그런 법과 대학생이 아니다.

자세를 잡았다.

"이야! 어디서 운동 좀 배우셨나?"

"오! 옹박 같았어!"

"이야. 존나 멋있네. 이 씹새…."

한 녀석이 낄낄 거리며 웃는 척 하다가 손에 들고 있던 소주병으로 머리를 공격해 들어왔다.

그 순간, 몸은 빠르게 반응하고 판단했다

단숨에 상체를 껴안으며 바닥으로 넘어뜨려버렸다.

등 뒤에서 야구 방망이가 휘둘러졌다.

탱!

한 대 맞았다.

등 뒤로 강렬한 통증이 맺혔다.

다시 휘둘러지려고 할 때 다리를 걷어차 넘어뜨리고는 파운딩.

빠르게 얼굴을 수 차 례 가격했다.

주먹은 쇠와 같이 단단했고 빠르기는 깃털과 같았다.

단숨에 한 놈을 때려눕혔다.

"제, 제발… 그, 그만…."

녀석에게서 얕은 신음이 나온다. 몸을 일으킨 태훈은 손목의 뼈를 풀었다.

우드득!

"일로 와 봐. 주물러 줄게."

"이런 미친 새끼…."

태훈이 바닥으로 넘어뜨려 쓰러졌었던 소주병을 들었던 빨간 머리가 다시 소주병을 휘둘러댄다.

요리조리 피하며 빈틈을 찾아 뒤돌려 차기로 소주병을 격파했다.

와장창!

"흐이이익!"

잔해가 자신의 근처로 떨어지자 녀석은 치를 떨었다. 그 틈에 강하게 명치를 두 번 가격 했다.

"커억!"

상체가 숙여지는 틈을 타서 무릎으로 찍어 올렸다.

"크윽!"

"니네 순전히 나 삥 뜯을 목적이었냐?"

뒤로 넘어가려는 녀석의 멱살을 잡으며 아직 멀쩡한 놈과 거의 숨 넘어가기 직전의 녀석을 번갈아보며 말했다.

"이이, 씨, 씨팔!"

멀쩡한 초록머리는 주위를 두리번거리더니 잎과 뼈대가 바싹 마른 나무의 화분을 발견했다. 그곳에서 모래를 한 움큼 집어 태훈의 얼굴에 뿌렸다.

"크흑!"

팔로 가렸지만 다 막아내진 못했다.

시야가 보이지 않는다.

다행이도 녀석들은 잔뜩 겁을 먹어 도망치는 듯 싶었다.

쫓아갈 필요성은 크게 느끼지 못했다.

시야를 회복했을 때 그는 숨을 크게 뱉어냈다.

"한심한 새끼들."

큰 생각은 들지 않았다.

단순히 삥 좀 뜯으려고 했다고 생각한다. 그러면서도 한편으로는 기분 나쁜 얼굴이 떠오르기도 한다.

'김민석.'

설마 이런 비겁한 짓을 하겠냐 싶어서 고개를 절레절레 저었다. 골목을 유유히 나선다.

※

얼굴이 만신창이(滿身瘡痍)가 된 사람은 태훈도 범현도 아닌 기태였다. 잘 해결했는지 묻기 위해 접선했을 때 양아치 삼인방의 무차별적인 공격을 받아야 했다.

그들은 분노에 찬 음성으로 말했다.

'이 씨발 그 새끼 그냥 법대생이 아니었잖아!'

'너 때문에 뒤질 뻔 했어 개새끼야!'

그들은 품속에서 1천만 원을 빼앗아 챙기고는 그대로 유유히 사라졌다.

그 1천만 원으로 깽 값을 하겠다나 뭐라나.

중요한 건 그것이 아니었다.

김민석은 일이 틀어진 걸 용납하지 않는다.

화장실로 끌려왔다.

"왜 저 새끼들 얼굴은 멀쩡한데, 네 얼굴이 이렇게 귀티가 흐르냐."

그는 실소를 흘리면서 담배 한 개비를 꺼냈다.

기태가 서둘러 품속의 라이터를 꺼내 불을 붙여줬다.

"으응, 그, 그게… 마, 말 들어보니까 태, 태훈이 녀석이 주먹을 잘 쓴대… 그 사람들이 쪽도 못 쓰…."

"야."

꾸욱!

변명을 늘어놓으려는 그의 볼을 민석이 꾹 눌렀다.

"넌 뭔가 무섭거나 거짓말이 들통 날 것 같으면 보조개가 생겨. 이 하찮은 새끼야."

그는 기태의 머리채를 움켜잡고는 힘껏 제꼈다.

"크윽…!"

"어디서 동네 양아치들 섭외했냐?"

민석의 추리력은 빨랐다. 기태는 놀란 토끼눈을 떴다.

"후."

민석이 뱉는 담배 연기가 기태의 얼굴을 덮었다. 그의 얼굴은 공포로 물들었다.

"주인한테 거짓말 하는 개새끼는 자고로 맞아야 정신을 차린다지."

가뜩이나 맞고 온 기태에게는 서러움을 복받치게 한다.

그러나 일단 자신이 양아치를 섭외해서 이런 일이 생겼을 수도 있다.

정말 2천을 들여서 정식 조직 폭력배들을 섭외했다면 태훈이라고 했을지라도 분명 큰 피해를 봤을 것이다.

그러나 어려운 생활. 돈에 눈이 멀었었다.

실상 기태는 양아치들로도 충분히 범생이 두 명 쯤은 묵사발 만들 수 있다고 생각했던 것이다.

"돈."

그는 손을 내민다.

허겁지겁 품을 뒤진 기태는 그에게 꾸겨진 1천 만 원 짜리 수표를 건넸다.

"나머지 1천은?"

"그 놈들이 뺏어갔어."

"하! 1천 만 원은 작은 돈이 아닌데. 그렇지. 기태야?"

'너한텐 껌 값이잖아.'

"그 1천만 원어치만 맞자."

그 말을 끝으로 민석의 손이 그의 뺨을 때렸다.

"이 악물어. 소리가 새어나가면 넌 이제 내 개가 아니다."

"응….'

짝!

"읍!"

짝!

"억!"

기태는 뺨을 맞으면서도 비명조차 삼키기 위해 노력해야했다. 그러면서도 눈물은 흘렀다. 자신이 왜 이렇게 살아야하는가 싶었다.

빌어먹을! 세상은 공평하지 못하다.

열 대를 때리고서야 민석은 멈췄다.

"하. 새끼. 얼굴 많이 상했네. 누가 이런 거냐. 대체."

뻔뻔한 녀석 같으니라고. 기태는 애써 웃었다.

"헤… 야, 양아치들이….'

"그래? 그놈들 나쁜 놈들이네. 이걸로 약이나 사서 발라라."

그는 방금 전 받았던 수표를 그의 얼굴로 던졌다.

"사료도 좀 사먹고. 간식도 먹고. 개집 대여비도 내고."

그는 철저히 자신을 정말 애완견 보듯이 했다. 항상 그랬다. 나서는 그는 힘껏 가래를 끌어 모아 바닥에 뱉었다.

"병신 같은 새끼."

그 말을 끝으로 녀석은 밖으로 나섰다.

기태는 바닥에 떨어진 수표를 주웠다.

"헤헤. 새, 생활비다. 생활비 벌었어. 헤. 헤… 흑, 크흐흑! 병신 새끼!"

그는 자신의 머리를 양 손으로 감싸며 울음을 터뜨렸다.

세상은 불공평하다.

이 빌어먹을 세상.

한참을 울음을 흘리고서야 그는 휴대폰에서 '사랑하는 엄마' 란 이름 석 자가 떠오르며 진동하는 걸 본다.

서둘러 눈물을 훔치고 울음을 그친다.

"네, 엄마. 식사는 하셨어요? 예? 생활비요. 아니예요. 저 돈 있어요. 아르바이트 했어요. 엄마 몸이나 좀 챙겨요. 제 걱정 말고요. 저 이래봬도 법대생이예요. 서울 법대생."

그는 그렇게 말하며 울음을 수그리고는 밖으로 나선다.

그때 아무도 없다고 생각했던 화장실 문이 열리면서 한 학생이 나왔다.

태훈 범현과 꽤 친하게 지내는 이중 한 사람이었다.

그는 한숨을 쉬면서 밖으로 나섰다.

기태는 집으로 혼자 돌아가고 있었다. 민석은 기분이 좋지 않다며 수업을 빼먹고는 삐까번쩍한 페라리 차량을 이끌고 학교에서 얼짱이라고 불리는 여성을 옆에 태운 채 어딘가로 갔다.

"하아."

그는 한숨이 짙게 나왔다.

앞으로 3년. 3년만 버티자라고 그는 그렇게 생각하고 있었다.

그래도 그는 성적도 최상위권인 편이었고 엄연히 법과대학에서 전액 장학금을 받는 인재였다.

자신이 대학교를 졸업하면 다신 김민석을 볼 일은 없을 것이다.

멈칫!

기태는 땅을 보며 걷다가 막아서는 무언가에 고개를 들었다가 놀랐다.

그 사람은 다름 아닌 강태훈과 이범현이었기 때문이다.

"이야기 좀 할까?"

태훈의 목소리는 기태를 떨게 만들기에 충분했다. 절로 보조개가 만들어진다.

"나, 난 할 말 없는데…"

그도 직감이 있었다.

녀석들은 전부 알고 왔다는 걸 말이다.

몸을 돌려 도망치려 했다. 그러나 이미 태훈의 손이 어깨위에 걸쳐져 그를 막아선 상태였다.

"어제 걔들 네가 보낸 거 다 알고 있어."

"무슨 소린지 난 잘 모르겠는데."

기태는 그의 손을 뿌리치며 시치미를 뚝 뗐다.

범현은 한숨을 쉬며 그저 지켜봤다.

"네가 김민석한테 화장실에서 맞았다는 이야기도 들었다."

"……"

기태는 할 말을 잃었다. 부끄러운 그 광경을 누군가 지켜보고 있었던 것 같다.

"왜 그렇게 사냐. 도대체."

태훈의 그 말 한 마디가 기태의 가슴을 후벼 팠다. 그는 발끈하고 만다.

"왜 이렇게 사냐고!? 세상은 불공평해! 너희 같이 얼굴도 잘생기고 키도 크고 집안도 좋은 애들은 모를 거야! 니들도 김민석하고 다를 건 없어. 나 같이 아무 것도 가진 것 없는 새끼의 마음을 니들이 알아!?"

순간 터져 나오는 그의 울화에 그의 어깨에 손을 뻗으려던 태훈의 손이 멈칫했다.

'그 뜻이 아닌데….'

자신이 말하려던 뜻은 그게 아니다.

멈췄던 어깨 위에 손을 올렸다.

"그 말이 아니라 너 같이 가진 것 많은 놈이 왜 김민석 똥이나 닦아주고 있는 거냐고."

"뭐?"

기태의 눈가가 파르르 떨렸다.

"네가 가진 게 없다고? 너 서울대학교 법과대학 학생이야. 누군 오고 싶어도 오지 못하는 최고의 대학교 학생이라고. 또 전액 장학금. 그거 받는 거 쉬운 거 아니잖아. 널 부러워할 애들은 세상에 널렸어. 왜 그런 잘난 네가 김민석 똥이나 닦아주고 있는 거냐고."

'잘났어…? 내가?'

기태는 말을 잇지 못했다.

자신은 민석의 부하로 고등학교 때도 대학교 때도 그렇게 살고 있다. 그 때문에 자신의 존재 가치가 낮다고 생각하고 있었다.

항상 민석은 지갑에 수 천 만원을 넣고 다녔지만 자신은 몇 천원도 없었던 인생이니까.

그러나 태훈의 말처럼 생각해보면 자신을 부러워하는 이들은 많다.

법과대학 엘리트 학생.

그것이 자신의 이름이다.

"피하지 마. 맞서 싸워 이겨. 넌 할 수 있어. 내가 본 넌 나쁜 놈이 아니니까."

태훈의 말은 그게 끝이었다. 그는 어깨를 두들기고는 몸을 돌렸다.

자신에게 욕을 실컷 할 줄 알았다.

때릴 거라고 생각했다.

그래서 무서워서 습관적으로 보조개가 만들어졌다.

그러나 정 반대였다.

그는 자신을 '괜찮고 멋진 녀석'이라는 식으로 말해줬다.

한기태. 자신의 이름 석 자를 '개'라고 불렀던 김민석과는 달랐다.

그는 뜨겁게 솟아오르는 눈물을 훔치지 않은 채 태훈과 범현의 뒷모습을 보았다.

"너희는 김민석과 달라…."

※

태훈은 민석에게 이번 일에 대한 추궁을 하거나 덤벼들진 않았다. 자신이 기태와 대화를 나누긴 했으나 만약 기태도 민석도 시치미를 뚝 뗀다면 어찌할 방도가 없었고 소란을 만들고 싶지 않았기 때문이다.

그래서 며칠을 지켜봤다.

기태는 여전히 민석의 옆에 있었다.

'말 몇 마디에 사람은 변하진 않지.'

그는 쓴웃음을 지었다.

변한 게 있다면 그가 자신을 보는 눈빛이 순해졌다는 것이다.

요즘 기태는 자신이 옳은 것인가 하는 혼란에 빠져있었다.

그리고 그 혼란은 곧 바로 잡혔다.

점심시간.

학교 정문 앞에 바로 횡단보도가 있었다.

그 횡단보도의 앞에 태훈과 범현이 함께 서있었다.

그 뒤로는 민석이 밥을 먹기 위해 기태와 자신의 무리를 대동하고 있었다.

횡단보도와 근접한 두 사람을 보며 민석은 씨익 웃었다.

"기태야."

"응?"

"3억이면 될까."

"3억이라니?"

갑작스러운 그의 목소리에 기태는 고개를 갸웃했다.

"너희 홀어머니 가게 차리시고. 너 대학교 무사히 마치고 사법고시 준비하는 동안 생활할 돈. 3억이면 되겠지?"

3억. 충분하고도 남았다.

그러나 갑작스런 그의 이야기를 이해하지 못했다.

"내 밑에서 수년간 고생했으니 그 돈 줄게. 대신 저 두 녀석 밀어버려."

"…무슨 소리야?"

"밀어버려. 그럼 네 손엔 3억이란 돈이 쥐어지는 거야."

그는 기태의 팔을 잡아 앞쪽으로 끌어왔다.

3억.

집에 홀로 계시며 식당에서 일을 하면서도 근근이 생활비를 보내시겠다고 하는 어머니께 식당을 차려드릴 수 있다.

더 이상 돈 걱정 없이 생활하며 사법고시까지 준비할 수 있다.

자신의 종자돈이 될 것이다.

이 녀석들을 실수로 가장해서 민다면.

그의 손이 부르르 떨렸다.

태훈과 범현의 등 뒤로 양 팔이 뻗어진다. 무척 조심스러웠다.

'내가 본 넌 나쁜 놈이 아니니까.'

태훈이 했던 말이 스쳐 지나갔다.

그는 자신을 괜찮은, 멋진 사람이라고 말해줬다.

김민석과 달랐다.

그의 몸이 돌아갔다.

기태의 보조개가 깊게 파였다.
"꺼져 이 자기애성 장애인 새끼야."
"뭐…? 너 지금 뭐라고."
민석의 눈가가 파르르 떨렸다.
자신의 병명을 학교에서 유일하게 아는 이는 한기태 뿐이다.
기태는 무척 두려웠다. 보조개는 어떤 때보다도 더욱 깊게 파였다.
그러나 멈추지 않았다.
"네가 최고가 되겠다고 사람을 죽여? 네가 사람이야? 이 버려진 새끼!"
자기애성 인격장애에 대한 연구표를 보면 성공을 위하여 대인관계에서 '착취 한다'라고 되어있다.
그는 자신이 최고가 되기 위해 두 사람을 죽이려고 하는 미치광이다.
"버려져? 누가? 내가!? 이 새끼가!"
버려졌다.
그는 아버지에게 버려졌다.
그것을 누구보다 잘 아는 것은 한기태다.
실상, 돈은 있어도 그가 행사할 수 있는 권력은 없었다.
그의 아버지 인성기업의 회장은 이미 그를 포기했으니까.

민석의 양 팔이 멱살을 움켜잡았다.

소란에 시선이 집중되었다.

"개처럼 짖어봐! 그럼 용서해주마. 평소처럼 개처럼 짖어보라고!"

"난 네 개가 아니야. 그거 알아? 5년 동안 기르던 개가 미쳐 날뛰면 누구보다 무섭다는 거. 네가 붙인 악행. 범죄! 난 모두 알고 있다는 거!"

한기태는 실소를 흘렸다.

소란의 틈에서는 기태처럼 민석의 돈에 취해 친해진 이들이 접근하고 있었다.

"일단은 지켜보자."

"응."

태훈과 범현은 잠시 지켜보기로 했다. 기태는 용감하게 맞서 싸우고 있었다. 결국 민석의 주먹이 그의 얼굴을 가격했다.

"개 버러지 같은 녀석! 키워줬더니 날 물려고 들어!? 짖어봐! 평소처럼 짖으면서 웃어보라고!"

그는 무차별적으로 길거리 한복판에서 그를 짓 밟았다.

"윽, 크윽! 난, 난 네 개가 아니야! 이 미친놈아!"

"저 새끼 진짜 미쳤나보네."

"뒈졌다. 한기태. 민석이한테 감히 덤비네."

민석의 무리가 한기태를 자칫 단체로 폭행할 듯 했다.

지켜보던 태훈과 범현이 그들의 틈을 헤집고 들어갔다.
"법 공부한다는 놈들이 특수폭행의 형량을 몰라?"
"그만하지."
두 사람이 매섭게 무리를 노려봤다.
그들은 순간 멈칫했다.
실상 그의 무리들도 안다.
민석이 돈을 통해 사람을 휘두른다면 태훈과 범현 두 사람은 실력으로 사람을 움직이는 서울대학교 법과대학 최고의 인재였다.
두 사람의 등장은 그들을 멈칫하게 하기에 충분했다.
얼굴을 감싸며 무차별적인 민석의 주먹을 막고 있던 기태는 고요해지자 살며시 팔을 걷었다.
그러자 보인 것은 태훈이 내민 손이었다.
"일어나."
얼떨결에 그의 손을 잡았다.
범현이 그의 엉덩이를 털어줬다.
"가자."
태훈과 범현은 그를 부축하였다.
등 뒤로 김민석의 따가운 눈총이 느껴졌지만 무시했다.
어차피 보는 눈은 많다.
어쩌지 못한다.

※

한 달이 지났다.

한기태는 더 이상 김민석과 어울리지 않았다. 그에게 얼마동안은 아무도 접근하지 않았다.

돈으로 힘을 잡고 있는 민석에게 밑 보이고 싶지 않아서였기 때문이다.

민석 역시 한기태에게 쉽사리 대하지 못했다.

민석이 개처럼 5년간 데리고 다녔던 한기태는 많은 것을 들었고 정말 많은 것을 안다.

그를 건드리기는 쉽지 않다.

민석이 주위의 무리를 통해 한기태를 폭행해라. 어찌해라. 라는 지시를 내렸다는 이야기가 소문으로 자주 들렸다.

그러나 아무도 그 일을 실제 행하는 사람은 없었다.

그 미친 짓을 할 사람이 몇이나 되겠는가.

오히려 민석의 주위에 붙었던 이들이 그의 추악함을 대면하고 모두 멀어지고 있었다.

만약 그가 다른 이에게 돈을 주고 시켜 한기태에게 무슨 일이 생기면 용의선상의 첫 번째로 지목될 것도 김민석이 제일 잘 알 것이다.

기태와 함께 공부하는 이들이 그 증인이다.

김민석은 실질적으로 한기태와 멀어짐으로써 힘을 잃고 있는 것이며 더 이상 뒷바라지 해줄 사람을 잃어버린 셈이다.

즉, 완전한 외톨이가 되어가는 거다.

태훈은 친구들을 모아 한참 농구를 하고 있었다.

범현이 빠르게 달려 나가 덩크슛을 했다.

"나이쓰 범현!"

짝!

태훈과 범현이 양 손을 마주쳤다.

친구들이 환호했다. 땀에 흠뻑 젖고 있었다.

그러던 중 태훈의 눈으로 힘없이 터벅터벅 하교하려는 기태가 보였다.

"어이 한기태!"

그는 팔을 흔들었다.

기태는 의아한 듯 그에게 시선을 틀었다.

"일로와! 한 게임 붙자!"

"…응!"

그는 잠시 멈칫하다가 태훈과 그 친구들을 향해 뛰어왔다.

가방을 구석에 놓은 그는 태훈의 팀으로 들어왔다.

"이번 내기에는 짜장면이 걸려 있다네. 제군들! 꼭 승리해서 짜장면을 먹도록 하지!"

"좋아!"
 "가자!"
 사람을 모두 잃은 김민석과 다르게 한기태에게는 새로운 친구들이 생기고 있었다.
 돈으로 뭐든 살 수 있다.
 어쩌면 사람도 살 수 있을 지도 모른다.
 그러나 마음만은 살 수 없음이 진실이다.

NEO MODERN FANTASY & ADVENTURE

8. 장애인의 인권

8. 장애인의 인권

스물 두 살. 3학년 1학기가 되었다.

2학년 2학기.

결국 김민석은 대학교를 휴학하고 자취를 감췄다.

군대를 갔다느니 뭐니 하는 소문이 돌았다. 그에 대해 한기태는 고개를 저었다.

그가 가진 병명인 자기애성 인격장애는 군대라는 테두리 안에서 어울리기는 적합하지 않았기에 면제라고 그는 말했다.

기태와는 무척이나 친해졌다.

지내다보니 녀석은 무척 활발한 성격의 소유자였고 점차 멀어졌던 친구들도 민석이 사라지자 그와 어울리기 시작했다.

 태훈의 성적은 변함이 없었다. 계속해서 성적을 상위권을 유지하고 있는 중이었으며 범현 역시도 마찬가지였다.

 기태의 경우도 전액 장학금을 받을 정도로 우수한 학생이었기 때문에 세 사람이 함께 어울리면 교수님들은 '법과 인재 삼인방'이라고 불렀다.

 "오빠, 안녕하삼—"

 수강을 듣기 전 책과 필기도구 등을 세팅하던 태훈은 인사하는 소리에 미간을 찌푸렸다.

 '스토커라니까 스토커.'

 그는 고개를 절레절레 저었다.

 "안녕 못하삼."

 그는 퉁명스럽게 답했다.

 그러나 귀여운 목소리의 여인은 그의 옆에 앉았다.

 태훈이 작년에 '고속도로 스캔들'이라는 영화가 흥행을 터뜨렸다. 자그마치 신인 배우가 800만 관객을 끌어올리는 경이로운 수치를 만들어낸 것이다.

 그 영화에서 탄생한 여자 주연 배우가 바로 자신의 옆에 앉은 한수영이었다.

 가녀린 체구에 매력적인 웃음. 활발한 성격.

 또한 국내에서 기대되는 신인배우이자 대학생들이 손잡

고 걸어보고 싶은 여자 연예인 1위. 안아주고 싶은 연예인 1위. 지켜주고 싶은 연예인 1위를 모두 섭렵한 여성.

그런 여자가 자신에게 집적된다.

"오늘 오붓하게 같이 학식이나?"

"싫어."

"그럼 오붓하게 영화나 한 편?"

"싫다."

"그럼 오붓하게 코피나 한 잔?"

"싫어."

"우리 오빤 이렇게 튕길 때마다 너무 멋있다니까요!"

"…미쳐버리겠네."

그녀는 당찼고 자신의 감정에 솔직했다.

그녀의 주위로는 태훈 못지 않은 남성이 많을 터다.

어째서 자신에게 이러는가 싶긴 하다.

애초에 신입생으로 들어왔을 때부터 그녀는 태훈에게 관심이 있었다.

이유는 누나 강혜지와 친분이 두터운 아이였기 때문이다.

그 때문에 태훈도 부드럽게 대해주었더니 어느덧 아이가 이렇게 자신에게 집착을 한다.

"너 연예인 아냐?"

"맞는데 왜요?"

"너 언론에 알려지면 어떻게 하려고 그러냐. 도대체."

"국민 여동생 한수영! 스캔들 인정! 상대는 서울대학교 법과대학 최고의 인재!"

그녀는 태훈의 위협에도 그랬으면 좋겠다는 듯 양 손을 모아 황홀하다는 표정이다. 태훈은 한숨을 푹 쉰다.

말이 안 통하는 처자구만.

실상 자신은 현재 연애에는 관심이 없기에 수영이가 동생 그 이상도 그 이하도 아니었다.

되려 이런 그녀의 집착이 부담스러울 뿐이다.

"그래도 오빤 저와의 데이트를 결국 피할 수 없을 거예요. 흐흐."

그녀의 마지막 웃음에서 소름이 쫙 돋았다. 그는 식겁한 표정으로 그녀를 돌아보았다.

그녀는 대한민국 수많은 삼촌 팬들이 껌뻑 죽는다는 윙크를 보냈다.

오히려 태훈은 그 모습이 끔찍했다.

웬지 무서운 아이이다.

머릿속에 맴돈다.

'오빤 저와의 데이트를 결국 피할 수 없을 거예요. 흐흐.'

그것이 현실이 되었다.

주말에 범현 기태, 그리고 몇 사람과 함께 장애인 복지센터로 봉사활동을 오기로 했다.

그런데 갑자기 범현과 기태가 오지 못하겠다고 말했다.

불길한 예감이 들었고 그에 수영을 돌아본 순간 그녀의 소름 끼치는 웃음을 볼 수 있었다.

"대단하다 너도 참."

"헤헤."

그녀는 태훈의 팔 한 쪽을 잡아 이끈다. 태훈은 푸른 지적장애 복지센터를 보면서 숨을 턱 쉰다.

다른 아이들이 몇 있기는 했지만 순전히 단짝 친구들을 떼어놓고 자신의 옆에 붙어있겠다는 의지가 보인다.

오늘 봉사활동을 온 사람은 여섯 사람이었다.

모두 학점 때문에 온 것이다.

복지센터 안으로 들어갔다.

퀘퀘한 냄새가 났다. 절로 얼굴을 찌푸리는 아이도 있을 정도다.

"슈우웅! 날아라 슈우웅!"

앞쪽으로 뚱뚱한 체격의 183cm는 될 법한 산만한 덩치의 남성이 장난감 비행기를 들고는 뛰어 다니고 있었다.

"어서 오세요. 오늘 오신 대학교 자원 봉사자 분들 맞죠?"

"네, 안녕하세요."

원장으로 추정되는 이가 다가왔다. 안경을 쓴 그는 부드럽게 생긴 인상이 돋보였다.

"저희 사회복지사 선생님들 안내 받아서 오늘 잘 좀 부탁합니다."

"네네."

태훈이 빙긋 웃으며 고개를 끄덕였다.

곧 건장한 남성이 다가왔다.

지적장애 복지센터는 여자보다는 건장한 남성들이 많다.

이유는 지적장애라는 것이 정신연령이 뒤쳐진 것이기에 지적장애를 가진 이들이 감정을 주체 못하면 여자들로써는 막기 버거웠기 때문이다.

"이리로 오시죠."

그들에게는 어마한 양의 대소변이 묻은 기저귀들과 이불, 청소감 등이 주어졌다.

"많네요."

"그렇죠. 어? 그러고 보니 이분 연예인 아니신가요?"

"네, 맞아요. 안녕하세요."

저 영업용 미소. 태훈은 기가 찼다. 그녀는 빙긋 웃었다.

"나중에 싸인하고 사진 좀…."

"그럼요, 그럼요! 헤헤."

남성은 그녀의 외모에 반한 듯 하다. 곧 그가 '수고 좀 해주세요.'란 말과 함께 사라졌다.
 태훈이 절로 자원봉사 학생들의 리더가 되었다.
 척척 할 일들을 쥐어줬다.
 그리고 남은 건 큼지막한 대소변이 묻은 이불 빨래였다.
 "어머! 오빠 노렸구나."
 "뭘?"
 "샤방샤방!"
 그녀는 그렇게 말하며 광고에 나오듯이 이불을 밟는 표정을 짓는다.
 꼭 한 번 해보고 싶었다는 모습이다.
 "네가 쌩쇼를 하는구나."
 "칫!"
 고개를 절레절레 저으며 이불을 들고는 앞쪽으로 나왔다. 큼지막한 고무대야에 물을 받고 세제를 푼 후 그 안에 이불을 던져 넣었다.
 "얍!"
 그녀가 먼저 올라섰다. 곧 이어 태훈도 올라서 밟았다.
 그녀는 함께 밟는다는 게 기분이 좋은지 신났다.
 태훈도 그 모습에 자신도 모르게 픽 웃었다.
 "헤헤."
 '나쁜 아이는 아니란 말이야.'

심성이 곱고 착한 아이이다. 자신에게 집착하는 것을 빼면 괜찮은 아이라는 생각이 항상 든다.
힘껏 밟다보니 허리가 아파온다.
마지막까지 밟은 후 꾹 짜서 탈탈 털어 널었다.
그런데 아까 그 건장한 남성이 이불 하나를 또 들고 왔다.
"그새 또 쌌네요."
"하하, 거기에 두고 가세요."
태훈은 멋쩍게 웃었다.
남성이 사라지고 두 사람은 다시 이불을 밟는다.

어느덧 점심이 되었다. 모두가 녹초가 되었다.
식사를 하면서도 자원봉사자와 복지센터 선생들은 지적장애 이들을 끼고 함께 식사를 한다.
"좀 흘리지 말고…!"
"이 선생님. 소리치지 말라고 몇 번을 말씀드렸습니까."
"아, 저도 모르게."
그러던 중 스무 살 정도로 보이는 마른 남성이 계속 음식을 흘리자 사회복지사가 성을 내려다 원장의 말에 아차

한다.
 태훈은 대수롭지 않게 넘겼다.
 지적장애 이들과 생활하다보면 욱하는 게 생기기 마련일 거라고 생각이 드는 것이다.
 "어떤가요. 일은 힘들어도 보람차고 그러지 않나요?"
 원장의 물음에 모두가 고개를 끄덕였다.
 "저도 그 보람 하나로 어느덧 원장 일을 한지 10년이 되었습니다. 이 사람들을 보듬고 아끼고 사랑하는 게 이젠 저의 낙이 되었죠."
 원장의 말에 모두의 시선이 부드러워졌다.
 "제가 훌륭한 사람이란 건 아닙니다. 단지, 여러분도 학점에만 연연하지 말고 때로는 베풀어도 가면서 인생을 쉬엄쉬엄 가보란 말입니다."
 "너무 좋은 말씀이세요. 원장님."
 수영이 작은 감탄을 한다. 그녀는 빙긋 웃었다.
 훈훈한 분위기에서 식사가 지속되었다.
 식사를 끝내고 다시 일을 시작했다.
 봉사활동은 다섯 시까지 하기로 되어있다.
 네 시쯤 되자 모든 일을 끝내고 한숨 돌릴 수 있게 되었다.
 관계자들도 쉬었다가 시간 맞춰 돌아가면 될 것 같다고 말했다.

수영은 지치지 않는 것인지 풀밭에 나와 놀고 있던 덩치 큰 남성에게 다가갔다.

되려 무서워 할 만도 한데 그녀는 겁이 없다.

"으으...!"

그녀가 다가오자 남성이 오히려 겁먹는다.

차분하게 그를 진정시키는 모습이 눈에 들어왔다. 자상하게 웃으며 그를 안정시키는 모습을 보며 태훈은 픽 웃었다.

그러다 문을 열고 밖으로 나와 방구를 뿡 끼는 남자를 발견했다.

뿌으으응!

"드, 들켰다! 민수 방귀 낀 거 들켰다!"

남자는 방귀 뀐 걸 들켰다는 게 참을 수 없었던 지 불안하게 이리저리 몸을 움직였다.

태훈이 픽 웃었다.

"괜찮아요. 방귀 안 뀌는 사람이 있나. 몇 살이에요?"

"스물 둘. 스물 둘. 민수 스물 두 살. 생일은 11월 3일."

"아 민수 씨가 저하고 동갑이구나."

태훈은 빙긋 웃었다. 본의 아니게 동갑내기 친구를 만났다.

그에게 옆에 앉을 것을 권하고 이야기를 몇 번 나누니 재밌다.

"저 사람 예쁘다. 예쁘다."

"예뻐요? 난 쟤가 자주 무섭던데."

"안 무섭다. 예쁘다."

그가 가리킨 이는 수영이었다.

그는 수영에게 시선을 떼지 못했다.

"근데 쟤가 성격이 되게 집착적이고 말도 안 듣고 잔소리는 얼마나 많은지."

태훈은 민수를 붙잡고 그녀의 흉을 보기 시작했다.

"선배!"

그러던 중 그녀가 자신을 부르자 흠칫 놀랐다. 흉 보던 걸 들켰나?

그러나 그녀는 다급하게 손짓하고 있었다.

"무슨 일이야?"

그녀에게 성큼 다가갔다.

해맑게 웃는 덩치 큰 남성과 다르게 그의 등 뒤에 서 옷을 들춘 수영의 얼굴은 사색이 되어 있었다.

"이거 멍 자국…."

상의의 1/4만 올린 그녀의 팔은 부르르 떨리고 있었다.

시퍼런 자국을 목격한 태훈은 그 상의를 확 걷어냈다.

"뭐야 이거…."

확연히 드러난 남성의 등에는 멍 자국이 가득했다.

태훈은 사내가 입고 있던 긴 팔의 옷소매도 걷어보았다.

그곳에도 멍이 있었다.

그는 직감적으로 무언가 이상하다 여겼다.

민수에게 다가갔다.

팔을 걷어내려 하자 기겁한다.

"안 돼요! 안 돼요! 민수 팔 걷지 마요. 보지 마요!"

그는 놀라며 두려운 듯 부르르 몸을 떤다.

태훈은 슬쩍 올라간 옷 사이로 멍을 발견했다.

"이거 멍 누가 그랬어요?"

"너, 넘어졌어요! 넘어졌어요!"

규칙적이다. 넘어졌다는 말을 반복한다.

뚱뚱한 체격의 남성에게 수영이 물었다. 똑같은 대답이 나왔다.

넘어졌다? 말도 안 되는 소리다.

"으에에엥! 들키지 말라고 했는데!"

뚱뚱한 남성은 수영과 놀다 정신이 팔려 깜빡했다는 듯이 울음을 터뜨렸다. 수영과 태훈의 시선이 마주쳤다.

뭔가 있다.

"민수 씨 말해 봐요. 누가 혹시 말하지 말라고. 들키지 말라고 말했나요?"

태훈은 차분하게 물었다. 그의 시선은 불안하게 움직였다. 손가락 역시도 쉴 새 없이 움직인다.

"괜찮으니까 말해 봐요."

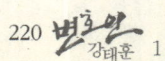

최대한 안심시켰다.

"원장님이 말하지 말랬다. 누, 누가 보면 가둔다고 했다! 싫다! 어둡다. 무섭다. 싫다!'

충격적인 말이 이어졌다.

가슴이 철렁했다.

"오, 오빠…"

태훈이 복지센터의 건물을 바라봤다. 원장의 환한 미소가 소름 끼쳤다.

사람은 세상에서 가장 영악한 동물이다. 그가 거짓을 말하는지를 확인하는 것은 쉽지 않다.

원장이 식사를 할 때 보였던 그 미소가 전부 거짓이었다는 것을 알았을 때에는 둔탁한 무언가에 맞은 듯 하다.

그러나 산전수전(山戰水戰) 다 겪어 봤다.

빠르게 침착해졌다.

실전 경험이 없는 수영은 어쩔 줄을 몰라 한다.

태훈은 달랐다.

자연스레 복지센터 안으로 들어갔다. 다른 친구들은 자리에 앉아서 다른 지적 장애 인원들과 놀고 있었다.

"어쩌게요."

수영은 모기만한 목소리로 물었다.

"기다려봐."

그는 그렇게 말하고는 복지센터의 주위를 돌았다.

실상, 장애인 복지법에 어긋나는 것이 많았지만 자신이 검사도 아니었고 단순히 봉사활동을 온 경우이며 실제 사람이 사는데 법을 따지면 그것을 넘어선 것이 너무 많다.

때문에 그도 가벼이 넘겼다.

그러나 폭행의 경우 '장애인 차별금지 및 권리구제 등에 관란 법률'을 어긴 것이다.

명확한 범죄.

증거는 많을 수록 좋다.

장애인들이 잠을 자는 방으로 슬며시 들어갔다.

계속 복지센터 관계자들이 그곳은 안 들어가도 된다고 했던 곳이다.

악취가 났다.

침대도 없었고 곰팡이도 껴있다.

범죄 사실을 적발하기 위한 촬영은 불법으로 보기 힘들다.

휴대폰을 무음으로 하고 사진 촬영을 했다.

그는 다시 중앙으로 왔다. 머릿속으로 지적장애 장애인들의 숫자를 세어본다. 마흔 명은 족히 된다.

그 후에 주위를 둘러본다.

증거를 잡자라고 생각하자 많은 것이 들어왔다.

실제 자신이 인권 변호사가 아니었었던 탓에 모든 법률은 꿰뚫진 못하고 있었기 마련이다.

그러나 다시 살게 되면서 다양한 법에 손을 뻗은 태훈이다.

어느 정도는 감이 왔다.

모든 증거 채집 후 다시 밖으로 나와 민수와 뚱뚱한 체격의 남성. 임민엽의 멍이 든 사진을 찍었다.

"사진 찍었다고 아무한테도 말하지 마요. 쉿."

"쉿."

수영이 입을 손가락으로 가리며 하는 말에 민엽은 순순히 따랐다.

민수도 마찬가지다.

다시 복지센터에 들어가 다른 이들과 함께 아무 일도 없었던 것처럼 앉는다.

"어디 다녀와요?"

"밖에 경치 구경."

대충 둘러대자 아이들은 별 말 하지 않았다.

다섯 시가 되었다.

원장이 밖으로 나왔다.

"오늘 모두 수고하셨습니다. 냄새도 나고 계속 말을 걸어 짜증도 났을 법한데 열심히 해주셔서 감사합니다."

그는 온화한 미소를 보였다.

'가식적인 놈.'

태훈은 속으로 혀를 끌끌 찼다. 그리곤 주위를 둘러보았다. 원장이 모두를 폭행했다고는 생각되지 않는다.

건실한 사회복지사들도 가담하였으리라 판단된다.

인사를 하고 밖으로 나왔다.

"모두들 수고했다."

"태훈이 형 조심히 들어가세요."

"들어가세요."

모두가 뿔뿔이 흩어졌다. 태훈의 옆에는 수영만 남아있었다.

"너도 어서 집에 가."

"그냥 이대로 가요?"

태훈은 복지센터 근처에 세워진 하얀색 밴을 보며 말했다. 항시 그녀의 주위로는 밴이 따라붙었고 그 안에는 매니저가 있었다.

그녀의 표정은 왜 증거를 포착하고 모든 걸 알게 되었으면서도 그냥 돌아가냐는 표정이다.

"한 마디 크게 해주고 싶지? 그 따위로 살지 말라고."

태훈은 픽 웃으며 묻는다.

"엎어버리고 싶어도 지금은 아니야. 어차피 증거는 있어. 괜히 나선다고 해도 지금 달라진 건 없어. 우린 아직 대학생일 뿐이니까. 이 일에 아주 전문가들을 내가 잘 알고 있어. 그 사람들한테 갈 거야."

태훈은 그녀의 머리를 한 번 털어줬다.

정상적인 사람이라면 누구나 그들에게 '사람을 이렇게 때렸어!?' 라며 행패를 부렸을 것이다.

그리고 그것은 법과대학의 학생들일지라도 마찬가지다.

아직 그들은 '이성'을 다스리는 방법을 알지 못한다.

태훈의 이런 모습이 수영은 좋다.

어른스럽고 냉정하다.

"들어가."

"저도 같이 갈래요!"

"응?"

주머니에 손을 꽂은 상태에서 그는 몸을 휙 돌렸다.

등 뒤에서 들리는 그녀의 목소리에 태훈은 눈살을 찌푸렸다.

"너 스케줄 없냐?"

"있어도 없지롱!"

"…귀찮은 녀석."

멋진 말 휙 던지고 멋있게 돌아서려 했더니 붙잡는다. 태훈은 한숨을 푹 쉰다. 안 된다고 해도 안 따라올 아이가 아닌 것도 안다.

결국 태훈은 수영의 밴을 타고 법무법인 사무실 앞에 도착했다.

한 마음 법무법인.

오늘도 이곳에 왔다.

서울로 오게 되면서 방학 때면 꾸준히 이곳에서 아르바이트 겸 인권에 관련한 일을 범현과 함께 배웠다.

항시 바쁘고 힘찬 발걸음을 내딛는 사람들.

그들을 찾아오는 게 태훈이 생각하는 가장 이상적인 선택이었다.

그들은 태훈을 반기다가 뒤에 함께 들어온 수영을 보고는 놀랐다.

'쟤 주위에는 연예인이 많나봐.'

라는 우스개 소리를 강민후 변호사가 했다.

태훈은 오자마자 인사를 나누고는 곧바로 이유를 밝혔다.

그는 증거 자료들을 보여줬다.

박문수 대표는 꼼꼼한 자료를 보면서 속으로 감탄했다.

역시 강태훈.

그때라면 누구나 화가 날 상황이다.

어린 나이에 '사람에겐 인격이 있어!' 라면서 고래고래 소리를 쳤을지도 모른다.

그러나 태훈은 먼 곳까지 생각하여 침착하게 증거자료들을 모아왔다.

실상 이들은 인권 변호사인 만큼 장애인에 관한 법률에 대해서는 바싹했다.

그러나 문수는 태훈을 보았다.

한 번 해봐.

라는 눈빛이다.

즉, 사건을 어떻게 풀어나갈지 정렬해보라는 말이었다.

문수는 첫 날. 그가 왔을 때는 꾸짖었지만 갈수록 그가 웬만한 변호사 못지 않음을 알게 되었다.

때문에 이젠 그를 확실하게 믿는다.

태훈은 헛기침을 했다.

수영은 변호사들을 태훈이 찾아왔는데 그들이 태훈을 기대하는 표정으로 보자 고개를 갸웃했다.

"얼마 전 우리나라는 '장애인 권리협약'을 체결했습니다. 국제 인권 조약 중에서 정부와 민간 인권단체가 적극적으로 참여한 조약이라는 거 모두 아실 겁니다."

'그, 그런 조약이 있나?'

모두가 고개를 끄덕이나 고두환 변호사는 고개를 갸웃했다. 변호사라고 모든 것을 아는 천재들은 아니다.

"그에 의해 우리나라는 작년 '장애인 차별 금지법'을 시행하고 있습니다. 또한 장애인 복지법도 위반이 되는 것으로 사료됩니다."

그는 자신이 휴대폰으로 찍은 사진을 보였다.

"가장 기초적으로는 장애인 복지법에는 4인 이상의 장애인들이 한 방을 사용할 수 없다. 라고 규정되어 있습니다. 또한, 벽을 보시면 벽은 낡고 허름하며 이불은 찢어지고, 베게는 때가 타서 벗겨지지도 않습니다. 식사는 만족할만하나 복지법에 따르면 장애인 거주 시설 서비스의 최저기준을 마련해야한다. 라고 적혀있습니다. 그러나 과연 그것이 지켜지고 있나 싶습니다."

'와….'

수영은 눈을 동그랗게 떴다. 다른 변호사들은 역시나라는 미소를 짓고 있었다.

아무리 그가 법과대학에서 주목하고 있는 인재라고 할지라도 사법고시를 합격한 것도 아니었고 변호사 자격증이 있는 것도 아니다.

그러나 그는 변호사처럼 빠싹하고 논리적이며 많은 것을 꿰고 있었다.

"그리고 서비스의 최저기준이 지켜지지 않는다는 점. 국고의 돈을 횡령하지 않았을까. 라는 추측도 됩니다. 대충 머릿속으로 복지 센터 안의 분들의 숫자를 세어 봤습니다. 마흔 명이 훌쩍 넘습니다. 시설 안에 서른 명 이상의 장애인들이 거주할 시 폭행, 불화, 왕따, 괴롭힘 등이 생길 우려가 더 크다. 라는 발표 때문에 요즘 대부분 서른 명으로 규정하고 있는 것으로 압니다. 맞나요?"

"아주 정확하게 알고 있어."

장애인 쪽은 강민후 변호사가 전문가였다. 태훈도 완전한 천재는 아니었기에 물은 것이고 그의 대답에 빙긋 웃었다.

"그리고 가장 주목할 부분입니다."

태훈은 민수와 민엽의 몸에 났던 멍들을 촬영한 것으로 화면을 전환했다.

"장애인 차별 금지법에 의하면 이 사항은 제 32조 1항과 제 4항을 어긴 것으로 사료됩니다. 1항. 장애인은 성별, 연령, 장애의 유형 정도에 상관없이 폭력으로부터 자유롭다. 4항. 누구든지 장애를 이유로 지역 사회 등에서 장애인 관련자에게 유기, 학대, 금전적 착취를 하여선 안 된다.를 명백히 어겼습니다. 이에 관련해 형법 260조 제 1항의 폭행에 해당하여 처벌 가능하고 헌법 제 12조에 보장된 신체의 자유를 침해한 행위라고 보입니다."

"너 내 밑으로 들어올래…?"

민후가 장난스레 물었다. 자신이 장애인 인권 쪽은 거의 전문가다. 태훈도 그 못지 않은 지식을 갖추고 있기에 한 말이다.

"그래서 어떻게 하는 게 좋을까. 태훈아."

문수의 흥미롭다는 표정의 질문에 태훈은 잠시 생각했다.

"인권위는 구금 보호시설의 업무수행과 관련하여 헌법 제 10조 내지 제 22조에 보장된 인권을 침해당한 경우 조사가 가능합니다. 조사를 촉구하고 시민단체를 이용하는 게 낫다고 생각됩니다."

"어째서? 경찰이 있고 검사가 있는데 굳이 우리가 왜."

그는 흥미롭다는 듯 태훈을 보았다.

"실상 집행유예가 나올 가능성이 크다고 봅니다. 실형의 가능성은 작다고 사료 되요. 우리나라는 장애인 인권에 너무 무지하고 관심도 없습니다. 시민단체를 통해 이러한 실태를 세상에 고발하고 그들에게 죄 값을 치르게 하며 덧붙여 국내의 장애인 인권유린을 하는 모든 이들이 주춤할 수 있게 하는 게 맞지 않나 싶습니다."

"또 시민단체를 이용해 탄원서를 작성. 제출하면 그 힘은 더욱 커지겠지."

그 다음으로 문수가 뒷받침했다.

민후도 대충 생각하고 있던 부분이었다. 그러나 각 다른 분야를 맡고 있는 변호사들은 작은 감탄을 한다.

강태훈은 대단한 인재다.

※

인권위원회 조사원들과 함께 푸른 지적장애 복지센터에

방문했다. 그들의 급습에 원장과 사회복지사 이들은 당혹한 기색이 역력했다.

그리고 이 자리는 한 마음 법무법인의 강민후 변호사와 박문수 대표. 태훈. 수영이 함께 동석했다.

원장은 태훈과 수영을 보면서 눈을 파르르 떨었다.

조사원들은 증거자료들을 더욱더 꼼꼼하게 채집하기 시작했으며 더불어 상담을 시작했다.

조사원 한 사람이 있었고 옆에 태훈이 앉아있었다.

맞은편에는 민수가 있다.

"괜찮으니까 한 번 말해 봐요. 이 안의 사람들이 때렸나요?"

그러나 민수는 오늘도 저번과 마찬가지로 묵묵부답(默默不答)이다.

조사원은 한숨을 크게 쉰다.

태훈이 작게 웃었다.

"민수 씨. 밖에 나가보고 싶지 않아요? 놀이공원도 가고 맛있는 것도 먹고."

"가, 가고 싶다. 놀이공원 가고 싶다. 피자 치킨 먹고 싶다."

"저희가 지금 민수 씨에게 온 이유는 그것들을 할 수 있게 하기 위함이에요. 이 일이 밝혀지면 민수 씨는 더 이상 이곳의 원장, 복지사들이 없는 다른 좋은 시설로 옮겨지게 될 겁니다."

"저, 정말?"

"네. 절 믿어요."

조사원은 태훈과 민수의 이야기를 듣다가 헛바람을 내뱉을 뻔했다. 법과대학 대학생이라는 친구가 쫄래쫄래 따라 붙어 귀찮다고 여겼다.

그나마 박문수 대표가 '괜찮은 친구입니다.'라고 한 말이 있기에 옆에 붙여 놨었더니만 그는 사람의 마음을 이용할 줄 아는 노련한 이였다.

"때, 때렸어요. 바, 밥 먹는데 흘렸다고 때렸어요. 몸에서 냄새가 난다고 때렸어요. 으으… 누, 누군가에게 말하면 죽여 버리겠다고 때렸어요…!"

"…좋아요. 진정하세요."

태훈은 켜놨던 녹음기가 잘 돌아가나 확인한 후 쓰게 웃었다.

그의 손 위에 자신의 손을 겹쳤다.

"모두 잘 될 거예요."

그는 진실성 있는 눈빛으로 그를 보았다.

그러자 민수는 이내 '헤-' 하고 웃는다.

※

인권위원회와 한 마음 법무법인이 합심하여 푸른 지적 장애 복지센터의 원장과 복지사들을 전격 고발하였다. 얼마 전 첫 번째 공판을 치렀고 오늘 두 번째 공판이 이어진다.

그 옆에는 태훈이 함께 있었다.

아무래도 태훈의 경우 자신이 목격하고 시작한 일의 처음과 끝을 모두 보고 싶었고 한 마음 법무법인 이들은 자신들을 믿고 공부에 충실하라라고 말했으나 '인권'에 대해 요즘 새로운 배움을 자주 접했기에 일부러 동석한 것이다.

"우리 재판 들어가기 전에 자판기 커피나 한 잔 할까?"

"좋죠."

태훈과 강민후 변호사는 방청객으로 참석하는 거다. 이미 한 마음 법무법인은 검사를 통해 모든 증거 자료를 건넸고 피해자들의 심적 불안감에 대해 전달했다. 커피 자판기로 이동했다가 민후도 태훈도 멈칫했다.

국내 최고의 법무법인 '대한 법무법인'

그들이 이번 피의자들의 변호를 맡았다는 이야기는 들었다.

커피 자판기 앞에는 서른 살 중반의 이백호 변호사가 있었다.

대한 법무법인. 태훈도 잘 안다.

자신이 무척 들어가고 싶어 했다.

왜냐고? 최고의 법무법인이라고 불리는 만큼 소속된 개개인의 연봉이 수 억 원에 이르는 집단이다.

그러나 지금에서야 태훈은 그들을 곱씹는다.

'돈에 눈 먼 새끼들… 나도 이런 말 할 처지는 아니지만 니들도 진짜 변호사라는 이름이 부끄럽다.'

그들은 돈을 위해 소송을 맡고 돈을 위해 변호하는 이들이다. 태훈도 그들과 다를 바 없었던 삶이지만 이제야 그것이 얼마나 어리석고 한심한 지 안다.

이백호는 능력 있고 주목 받는 변호사로 태훈과 안면이 있던 사이이다.

탐욕스럽고 승소를 위해선 뭐든 하는 변호사다.

"강민후 변호사님 안녕하세요. 이야, 이거 간만입니다."

"아, 네."

이백호는 능청스럽게 악수를 청했다.

그가 하고 있는 일은 얼핏 들었다. 피해자 보호자들이 계속해서 손을 떼고 있었다.

이유는? 이백호가 원장의 뒤에 서 합의를 주도했기 때문이다.

"요즘 많이 바쁘시죠? 하하, 하긴 인권 변호사이신데 안 바쁠 날이 있으려나."

그렇게 말하며 이백호는 흘끗 태훈을 살피더니 민후를 훑었다. 그의 낡은 구두를 보며 피식 웃는다.

"구두 바꾸실 때 됐네요. 공익 변호사가 박봉이긴 해요? 그래도 사람 냄새도 나고 수입도 꼬박꼬박 일정하게 들어오고 그만한 직업도 없죠. 하하, 전설이지 않습니까. 전설! 공익 법무법인 한마음!"

그렇다. 한마음 법무법인은 공익 변호사 법무법인으로써 전설에 가깝다. 모두가 실패하여 곧 흩어질 거라 예상했지만 흩어지지 않고 연명하기 때문이다.

그럼에도 사람들은 '가난한 종자'들 취급하기 마련이다.

"근데 세상 사는 게 참 그래요. 피해자들 부모가 먼저 와서 합의 하겠다고 그렇게 말을 하는데, '크- 이 사람들도 부모인가.' 하는 마음에 눈물이 왈칵…"

"법정이 아닌 곳에서 재판에 관련한 언급은 하지 않는 걸로 알고 있는데요."

태훈이 퉁명스럽게 답했다.

강민후 변호사가 그보다 한참 후배이고 한참 밑이다. 인지도도 그랬고 실력도 그러했다.

그러나 싸움에 누가 그런 걸 따지는가.

"하하, 맞지 맞아. 근데 이 친구는 누구예요? 변호사는 아닌 것 같은데."

"요즘 저희 한 마음 법무법인이 키우는 인재입니다. 아주 멋진 녀석이죠. 2004년도 수능 수석은 물론이고 서울대학교 법과대학에서도 인재로 뽑힙니다."

키우고 있는 것은 실질적으로 애매하나 일단은 수긍한다.

"이거 내 후배였네, 후배. 하하."

태훈은 기분이 더러워졌다. 후배라는 웃음 때문이다. 이백호 변호사도 서울대 법과대학 출신이었다.

"그렇지만 학생. 세상은 그렇게 호락하진 않다는 걸 명심해 둬. 하하."

그는 그렇게 말하며 어깨를 두들기며 주머니를 뒤졌다.

"어디보자 내가 커피라도 한 잔씩 뽑아줘야…."

"괜찮아요. 저도 돈 있습니다."

"가만히 있어 봐요. 내가 한 잔씩 뽑아주고 싶어서 그래."

확 그가 들고 있는 커피 잔을 뺏어 얼굴에 뿌리고 싶었다. 그 몇 백 원으로 생색내려는 심보가 보인다.

"안녕하삼!"

그때. 익숙한 인사소리가 들렸다. 태훈은 설마하며 고개를 돌렸다가 수영이 방긋 웃으며 한 손에 카페에서 산 원두커피를 들고 오는 모습이 보였다.

하여튼. 빠지지 않는다.

바쁜 연예인이 이래도 되는가 싶다.

"어. 연예인…?"

"저희 한 마음 법무법인이 키우는 인재입니다. 저희는 '사람을' 중요시 해서 그런지 많은 인재가 오더군요. 하하하!"

강민후 변호사가 이번에도 수영을 인재라며 팔아먹는다. 그의 얼굴로 자랑스러움이 맺혀 웃음소리는 커졌다.

"변호사님 수고가 많으세요. 여기 달달한 카페모카."

"아하하, 이거 제가 어떤 걸 좋아하는지도 척척 아시고. 흐아. 난 행운아야. 한수영 씨가 사주는 커피도 다 마시고."

"태훈이 오빠 것도 있지롱!"

"땡큐."

"가자. 애들아."

민후는 자연스럽게 태훈과 수영을 이끌었다.

"요즘 누가 자판기 커피 마시고 그러나. 커피는 원두지."

라고 지나가듯 말한다. 백호의 표정을 보진 못했지만 똥 씹은 표정일 것이 분명하다. 태훈과 수영이 킥킥대고 웃었다.

재판이 시작되었다. 형사사건의 경우 피해자는 굳이 참석하지 않아도 된다. 그러나 그들은 혐의를 일부 부인하고 있는 중이었으며 1차 공판 때의 부인으로 검사의 피해자 증인 신청에 의해 김민수가 참석하게 된다.

사사로운 평범한 이야기들이 진행이 되었다.

"지금부터 2007년 4월 23일 서울남부지방법원 제 2형사 합의부 사건번호 200746의 '푸른 지적장애 복지센터 장애인 인권유린'에 관련한 2차 공판을 시작하도록 하겠습니다. 원고 측 기소 요지를 말씀해 주시기 바랍니다."

재판장의 말과 함께 검사가 몸을 일으켰다.

서울중앙남부지방검찰청 이무진 검사였다. 아직 검사치고는 젊지만 패기 있고 특출나지도 모자라지도 않는 검사다.

그는 자리에서 일어나 주위를 둘러본다.

"사건번호 200746의 주 피해자들은 대부분 정신지체 장애를 겪고 있는 이들입니다. 지적, 인지적 능력에 뚜렷한 제한이 존재하며 일반인들보다는 생활하기 어려운 것이 사실입니다. 그 때문에 그들은 복지센터라는 테두리 안에서 보호를 받으며 살아가고 있습니다. 그러나 피고 김상호 외 사회복지사 여섯 명은 이들을 폭행, 협박한 혐의가

있으며 이는 장애인 차별금지법을 위반한 명백한 행위로 그 외에 장애인 복지법 등을 위반한 사례로 명료하고 이에 법정 대리인에 의해 고발 된 사건입니다."

재판장은 고개를 끄덕였다. 방청객은 피의자석에 앉아 있는 김상호 원장 외 사회복지사 이들을 보며 눈살을 찌푸렸다.

1차 공판에서는 피의자 측 변호인인 이백호가 사회 복지사 여섯 사람에게는 죄가 있으나 선량한 김상호 원장은 전혀 몰랐던 일이었고 그에 관련한 일을 부정하게 했다.

한 마음 법무법인이 예상하길 사회 복지사 이들에게 합의금을 주어 원장인 김상호만 쏙 빠져나가려는 것이다.

검사가 피해자를 증인으로 신청하고 증거로 사진과 병원에서 얻어낸 진단서, 결제 내역서, 촬영 된 사진 등을 증거로 제출해 수립 승인 받았다.

반대로 피의자 측에서는 장애인 복지법의 시설에 관련한 법항을 토대로 한 없이 작은 금액의 지원금을 비판하고, 평소 김상호 원장이 자신의 사적인 수중의 돈을 이용해 물품을 구매했다는 내역을 증거로 수립시켰다.

오늘의 공판은 증인 신문을 할 수 있는 공판이었다.

"검사 측 증인 신문을 시작해 주십시오."

증인으로 참석한 이중 한 사람은 복지센터의 이들의 인권 유린 조사가 되고 진단을 한 의사였다.

선서서에 적힌 대로 한 쪽 손을 들고 말한다.

"…위증의 벌을 받기로 맹세합니다."

검사는 차분하게 그의 앞으로 다가가 형식적인 질문을 한다. 인적사항을 묻는다. 어디의 의사이며 나이와 사는 곳 등을 묻는다. 그 후에 본격적인 신문에 들어간다.

"증인. 증인은 피해자 김민수의 진단을 전치 8주로 내렸습니다. 또한 팔의 뼈가 금이 갔고, 심리적으로 불안한 상태라는 소견 역시 내어 정신과에서도 상담 할 것까지 권유한 것으로 압니다. 맞습니까?"

"네, 맞습니다."

"처음 그들을 진단 할 때 어땠습니까."

"옷을 살짝 들추는 것만으로도 무척 두려워했습니다. '벗으면 맞는다' 라는 말을 계속해서 반복하였고 특히나 대부분 보이지 않는 곳을 위주로 타박상의 흔적이 보였습니다. 심했던 이의 경우 팔이 부어올랐던 경우도 있습니다. '골절'로 의심했고 이는 오랜 시간의 의사의 경험을 토대로 볼 때, 무의식적으로의 폭행이 아니라, 맞을 것을 의식하고 팔을 들어 둔탁한 것을 막아내 '골절' 되었다라고 소견했습니다."

"그렇군요. 감사합니다."

이번에는 반대로 피의자 측인 이백호 변호사가 앞으로 나와 증인을 그대로 신문했다.

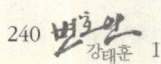

"증인. '벗으면 맞는다' 라고 피해자들은 말했다고 했습니다. 혹시 이 과정에서. 피해자가 '원장님한테' 라고 말했던 적이 있습니까?"

"그런 적은 없습니다. 단지. '맞는다.' 라는 말만 반복했을 뿐입니다."

짧고 굵다.

"이상입니다."

이백호는 흡족한 미소다.

애초에 이 재판에서 그들은 사회복지사들이 큰 처벌을 받든 말든 큰 관심이 없는 것 같았다.

단지, 원장을 무죄나 혹은 약식기소 정도로 끝내려고 이끌어가고 있었다.

그 다음으로 나온 사람은 민수였다.

역시나 형식적인 절차 등이 이어졌다.

검사가 묻는다.

"피해자 김민수 군의 몸에 타박상이 가득합니다. 맞습니까?"

"마, 맞습니다."

그는 불안한 듯 하면서도 한 마음 법무법인 이들이 가르쳐준 대로 했다.

사전에 심리가 불안한 민수가 법정에서 혼란스러워하지 않게 하기 위해 가르쳐주었다.

"또한 증인은 진술서를 작성하기도 하였고 그곳에 '떠들거나 음식을 흘리거나 하면 맞았다'라고 진술했습니다."

"예, 마, 맞습니다."

"그렇다면 증인. 저 곳에 증인을 구타한 사람 중 김상호 원장은 제외되었습니까?"

태훈이 알아낸 것에 의하면 가장 많은 학대를 행한 사람이 원장이다.

"아, 아닙니다. 때리고 머리를 잡고 흔들기도 했고, 치, 침을 뱉기도 했습니다. 하, 항상 '죽여 버린다.'는 말을 하기도 했습니다."

방청객이 작은 동요를 일으켰다.

평소 인정받고 기부까지 했다던 원장의 본 모습이 드러나는 순간이었다.

그의 미간이 씰룩이는 걸 태훈이 보았다.

검사가 물러났다.

"변호인 측 반대 신문 하시겠습니까?"

이번엔 이백호 변호사가 민수의 앞으로 성큼 다가갔다.

"증인. 증인은 올해 몇 살이죠?"

"스물 두 살…."

이후엔 손가락 세 개를 펼쳤다.

"이게 몇 개이죠?"

"3개."

"이걸 합치면요?"

한 손엔 세 손가락, 한 손엔 네 손가락을 펼친다.

"7개…."

"그렇군요. 증인은 지금 이 상황을 정확히 이해하십니까?"

"이의 있습니다. 변호인은 본 재판과 관련 없는 이야기로 증인을 혼란스럽게 하고 있습니다."

착석한 상태로 지켜보던 이 검사가 벌떡 몸을 일으켰다.

"본 재판과 관련이 없지 않습니다. 피해자는 한 사람의 인생을 쥐고 있습니다. 이 상황 역시 이해 못하고 진술한다면 옳지 못합니다. 그것은 명백히 밝혀야할 사실입니다."

"검사 측 이의를 기각합니다. 변호인 계속 하시죠."

재판장의 말이 떨어짐과 함께 태훈과 강민후 변호사의 얼굴이 와락 일그러졌다. 이백호의 말이 맞다. 한 사람의 인생을 쥐고 있는 재판이다.

그러나 재판장으로써는 증인이 지적 장애인임을 감안해야한다. 그런데도 다른 조치 없이 검사 측의 이의를 완전히 기각해버렸다.

그것은 옳지는 못한 행동이었다.

"다시 한 번 묻겠습니다. 증인. 이 상황이 어떤 상황이신지는 알고 계십니까?"

태훈과 강민후 변호사가 숨죽여 민수의 입에 시선을 집중했다.

말이 잘못 나온다면 순식간에 분위기가 기울지도 몰랐다.

민수는 불안한 듯 몸을 부르르 떨기까지 했다.

"어떡해…."

"무슨 전쟁터에서 포로 심문하는 것도 아니고."

방청객 석에서 작은 술렁임이 일었다.

"조용히 해주시기 바랍니다. 더 이상 시끄러운 소란이 있을 경우 즉시 퇴정 조치합니다."

재판장의 말에 그 술렁임은 금방 사라졌다. 그러나 방청객들의 불신(不信)의 눈빛은 쉽게 가라앉지를 않는다.

뻔히 지적 장애인인 것을 알면서 이런 식의 신문이라니.

법정에서 '일관성'은 진실을 좌지우지(左之右之)한다.

앞 뒤가 다르다면 방향은 기운다.

특히나 재판장은 한 달에만 해도 상당한 숫자의 재판을 하고 진실을 가린다. 확실하지 않은 건 재판장의 가슴에 불신(不信)을 만들어놓기에 충분하다.

"저, 저를 괴롭혔던 사람들을 혼내줄 수 있는 자리인 것 같습니다."

태훈은 작은 안도의 한숨을 쉬었다.

어느 정도 답변이 된다.

그러나 이백호는 집념이 강했다.

"자리인 것 같습니다… 라고 하셨네요. 그렇다는 건 아닌 것 같습니다. 라고도 말할 수 있는 부븐 아닌가요. 증인. 확실한 대답을 해주시기 바랍니다. 그렇습니까, 아닙니까."

"으으. 마, 맞습니다. 아, 아닌가…? 마, 맞아요!"

결국 민수의 심리 불안을 가져왔다. 횡설수설(橫說竪說)하기 시작했다.

이 정도라면 뭔가 이상하다. 물론 일반인들은 '본래 재판이 이런가? 하긴 철저해야 하니까.' 라고 짚고 넘길 수 있다.

그러나 논리적이고 오랜 경험을 쌓은 법조인이 보았을 때에는 분명한 모순이 존재했다.

'짜고 치는 고스톱?'

그럴 수도 충분히 있었다. 물론 법정에서는 판사의 말을 따르는 게 옳은 것이나 혹시라도 정말 짜고 치는 고스톱도 염려할 수 있었다.

"확실하게 말씀해 주세요. 증인!"

이백호의 언성이 커졌다.

"으아아… 미, 민수 집에 갈 거다… 민수 집에 가야한다."

그는 짙은 웃음을 머금었다.

찰나 그것이 태훈의 눈에 들어왔다.
"이것으로 반대 신문을 마칩니다."
"으흐흑, 흑흑!"
증인석에 앉은 민수의 울음은 그칠 생각을 하지 않았다. 재판장은 한숨을 쉬었다.
"잠시 휴정하도록 하겠습니다. 30분 후 다시 본 재판을 진행합니다."

※

다시 진행 된 재판은 크게 다를 게 없었다. 승산이 상당히 기운 것처럼 보였다.
"에효."
수영이 한숨을 크게 쉬었다. 강민후 변호사가 고개를 갸웃했다.
"왜 그래요?"
"상황이 너무 안 좋잖아요."
태훈도 착잡한 표정을 지었다. 민후가 뭔가 말하려다가 자판기 앞에서 옹기종기 재판장과 이백호 변호사가 커피 한 잔을 걸치는 걸 발견했다.
강민후 변호사가 태훈의 어깨 위에 양 손을 올렸다.
"뭐가 보여?"

"배려 없는 재판 진행이요."

"나도."

"배려 없는? 무슨 소리예요?"

수영만 잘 이해하지 못했다. 언급했듯 이러한 사항은 일반인들은 잘 알아차리지 못했다. 법조인들이나 알아챌 법했던 일이다.

"대한 법무법인은 국내 최고로 꼽히고 승소율이 중요해요. 또 워낙 회사가 크니까 발도 넓고 뿌릴 돈도 많죠. 한수영 씨는 연예인인데 법과대학에 어째서 왔죠?"

뜬금없는 질문이었다.

"일반 연극영화과보단 유능한 인재들이 모인 법과대학이 더 이목을 집중시킬 수 있다. 라고 대표님이 그러더군요. 쳇!"

"그거하고 비슷해요. 수영 씨는 연예인이지만 더욱 큰 시선을 받기 위해 법과대학에 왔죠. 사법고시를 치러서 연수생이 될 수 있는 형편도 아니신데요. 판사는 무조건적인 진실을 봐야하지만 그렇게 좋은 판사만 있는 게 아니거든요. 어쩔 수 없이 사람이라 저희 같이 힘없는 인권변호사들보단 대형 법무법인의 승소가 더 믿음이 가고, 더 득이 될 수도 있다고 그렇게 생각하지 않으려고 해도 본인도 모르게 쏠릴 수도 있죠."

그녀는 이해한 듯 고개를 끄덕였다.

태훈은 씁쓸한 표정으로 커피 자판기 앞의 두 사람을 보았다.

민후는 피식하고 웃었다.

"그렇지만 이번 일 덕분에 승소는 우리가 확실하게 가져가겠네."

"그게 무슨 말이에요?"

태훈은 그의 말에 이해할 수 없다는 표정이었다.

그와 함께 누군가 다가왔다.

"박 기자님. 어때요. 재판이 좀 많이 지루했죠?"

다가온 이는 다름 아닌 기자였다. 평범한 체구의 안경을 낀 남성은 하품을 쩍 했다.

"예. 이거 그래도 취재건수는 하나 건졌네요. 대형 로펌의 변호사가 저런 식의 막무가내 반대 신문이라니."

"내용 하나 더 추가입니다. 장애인의 인권을 둔 재판에서 법관은 증인이 '지적 장애를 가진 이'라는 걸 고려하지 않았다."

그 말에 기자는 옳거니 했다.

"역시 뭔가 이상하긴 하더군요. 알았습니다. 이거 꽤 넉넉한 기사인데요."

기자는 만족스런 표정이다.

이해가 더 빠른 건 역시나 태훈이다.

그의 얼굴로 웃음이 피어올랐다.

언론을 이용하겠다는 거였다. 기자가 방청객이었던 것은 행운이었다. 그는 방청객들과의 인터뷰도 진행할 것이 분명했다.

때문에 이백호 변호사가 증인을 두고 벌인 일과 슬쩍 넘긴 재판장의 일도 밝혀지게 될 것이다.

"기피신청."

그는 작게 중얼거렸다.

"그렇지."

민후가 이제야 알았냐는 듯 웃었다.

법관에 대한 기피신청을 할 수 있게 되는 셈이다. 실제 기피신청은 거의 기각되는 경우가 많고 하기에도 껄끄럽지만 오히려 법원은 언론을 이용한 기사를 본다면 기피신청을 받아들여 재판장을 바꿔줄 것이다.

그리고 그 힘을 받아 더욱더 장애인 인권유린에 힘이 실릴 것이었다.

"이거 강민후 변호사님이 다 준비한 거예요?"

태훈은 이토록 그가 용의주도(用意周到)했던가 싶다.

그가 민망한 표정으로 고개를 저었다.

"내가 벌써 그 정도로 앞을 꿰뚫는 경지면 얼마나 좋겠냐. 박문수 대표님이 혹시 모르니까 기자하고 함께 방청하라고 하더라고. 손해 볼 일은 없을 거라고."

민후의 말에 태훈은 빙긋 웃었다.

역시 박문수 대표.

예사롭지 않은 사람이다.

대한 법무법인이 한낱 공익 변호사에 의해 패소하게 생겼다.

이거 부끄러워서 어쩌나.

※

푸른 지적 장애 복지 센터의 인권유린에 이은 대한민국 법 앞에서 조차의 차별. 그들의 인권은 어디에 있는가. 한국일보 최두남 기자.

푸른 지적 장애 복지 센터의 인권유린에 관련해 이야기가 뜨겁다. 인권위원회가 조사를 시작한 푸른 지적 장애 복지센터에서는 그들의 인권이 유린되고 있었다는 사실이 밝혀지며 이에 관련해 원장인 강씨 등 사회 복지사 여섯 명이 재판에 서게 되었다.

사회 복지사 여섯 명은 자신들의 잘잘못을 인정하였으나 문제는 원장인 강씨는 '이 일을 몰랐고 전혀 연관이 없다'라고 주장한 바가 있었다.

이에 불거진 피해자 증인 신문에서 법정은 상상도 못할 일을 발생시켜 논란이 커지고 있다.

피해자이자 증인으로 참석했던 김모 군은 지적장애2급

이었다. 반대 신문 과정 중 강모 원장의 변호인 이모 씨는 '이게 몇 개냐.', '이 상황이 뭔지 알기는 하냐.' 등의 신문을 하였다.

이에 대해 방청객들과 그 자리에 참석했었던 '한 마음 법무법인' 강민후 변호사는 '지적 장애를 가진 이임'을 알고 있음에도 불구하고 법정은 이에 관련한 마련을 준비치 아니하고 '지적 장애인'의 진술 자체가 법적 조치가 없다는 것을 증명하려 반인권적인 행태를 저질렀음에도 묵언했다는 것을 강력히 지적했다.

이날은 사법체계 현장이 인권 유린을 당한 장애인에 대한 인권감수성이 '최하' 수준이라는 것이 증명되었고 이에 관련해 본 사건을 맡은 서울남부지방검찰청 이무진 검사는 '기피신청'을 한 것으로 알고 있다. 한편, 강모 원장을 변호했던 변호인 이모씨는 국내의 대형 로펌 중 하나의 관계자로 드러나 충격을 안겨주고 있다.

이번 '푸른 지적장애 복지센터 인권유린' 건은 그때의 공판 이후 모두가 순조롭게 일이 풀렸다.

강모 원장은 실형을 피해가려다 오히려 폭행과 협박 등에 가장 공조했던 사람이라는 것이 기피신청하여 변경 된 재판부에서 판사에 의해 밝혀지고 오히려 가중처벌 되어 더욱 높은 실형을 선고 받아 구속되었다.

이에 그치지 않고 한 마음 법무법인은 시민 단체를 통해서 사회에 장애인 인권에 대한 각인을 시키기 위해 발 벗고 나섰다.

그와 더불어 여론의 목소리가 형성되자 보건복지부는 총 350여 개의 장애인 복지센터를 방문하여 '폭행과 협박 등의 장애인 인권 유린' 등을 조사하고, 그 외의 장애인 복지법 등에 관한 법률을 어긴 이들에게 경고 조치를 주었다.

이 과정에서 네 곳의 복지센터가 폭행한 적이 있음이 밝혀졌으며 즉시 폐쇄 조치에 들어갔고, 문제가 많은 복지센터 다섯 곳이 폐쇄 대기 조치에 들어갔다.

이 모든 것이 '한 마음 법무법인'이 발 벗고 뛰어다녔기 때문에 가능했던 것이다.

여름방학 중이었기에 태훈과 범현은 한참 업무 처리 중에 바빴고 변호사들은 자문을 해주기에 바빴다.

그러던 중 강민후 변호사의 쩌렁쩌렁한 웃음이 들렸다.

"하하, 저 이래보여도 얼마 전 있었던 장애인 인권 유린 사건에서 대형 로펌의 변호사까지도 이긴 사람입니다! 저를 믿으세요! 하하!"

저 이야기가 몇 번째인지 기억도 안 난다.

"오늘로써 정확하게 내가 아르바이트 하면서 들은 건 203번째야."

그걸 또 세고 있던 범현이 대단하다 싶었다.

듣기론 이백호 변호사가 한동안 고개를 들고 다니지 못했다고 한다. 그토록 무시했던 인권 변호사에게 처참한 패배를 안고 신문 기사에까지 '부도덕한 변호사'라는 식으로 실렸으니 얼마나 창피하겠는가.

어느덧 업무를 한숨 돌릴 때가 되었다.

"요즘 네 여친 바쁜가보다?"

"죽는다."

한동안 그 일로 인해 자주 붙어 다녔더니 범현과 기태가 장난스레 놀리곤 했다.

분명히 말하지만 사귀고 있지 않다.

딸랑!

"강태훈의 여자 친구 한수영이 왔습니다!"

그런데 웃긴 건 수영은 한 마음 법무법인 이들에게 자신이 태훈의 여자친구라고 거짓말하고 다닌다는 거다. 태훈은 한숨을 크게 쉰다. 내 팔자야.

그녀는 매니저를 뒤에 대동한 채 커피를 가지고 왔다.

커피를 돌리면서 그녀는 태훈의 앞에 카페라떼를 놓는다.

"우리 자기가 좋아하는 카페라떼-"

"하, 먹기 싫어진다."

"아, 왜-"

태훈은 커피를 들어 입을 축이려다 정색하며 다시 내려놓는다. 수영이 미안하단 기색을 보이자 그제야 입을 축인다.

"호랑이도 제 말 하면 온다더니."

"왜요? 제 이야기 하고 있었어요? 저희 태훈이가 제 자랑 하고 있었나보네요."

"하하, 저희 태훈이라."

범현은 황당해 웃었다. 정말 당찬 여자아이다. 걸핏 정말 스캔들이라도 터지면 어쩌려는지 걱정이 들지만 당사자는 고민이 전혀 없어보였다.

태훈은 수 차례의 고백을 추가적으로 받았지만 그때마다 냉정하게 딱 잘라 말했다.

난 지금 연애할 마음이 눈꼽 만큼도 없다.

그러나 그녀는 여전히 태훈이 너무나도 좋았다.

커피로 입을 축이며 업무를 처리하는 그를 물끄러미 본다.

푸른 지적장애 복지센터의 일이 있은 후 그라는 남자가 더 좋아졌고 멋져보였다.

잠시 보다가 본인도 모르게 볼에 뽀뽀를 한다.

"아이씨 진짜!"

"어머! 실수!"

자신도 모르게 했던 뽀뽀였지만 태훈이 정색하며 화를

내자 후다닥 도망치듯 박문수 대표의 등 뒤로 숨는다.

한 마음 법무법인의 이들은 그 모습에 재밌다는 듯 웃었다.

태훈도 그녀가 볼 뽀뽀를 한 곳을 손으로 비벼대다가 어이가 없어서 웃고 만다.

NEO MODERN FANTASY & ADVENTURE

9. 사법 연수원 천재들의 경쟁

9. 사법 연수원 천재들의 경쟁

스물 세 살. 태훈이 대학교 4학년이 되던 때이다. 슬슬 로스쿨 제도에 관련한 이야기가 나오고 있었다. 사법고시는 베타적 독점과 그로 인한 법체계의 폐쇄 회로 화 현상을 드러낸다는 지적 하에서였다.

전국 25개의 로스쿨이 준비 중이었다. 4년제 대학 졸업자는 로스쿨 진학을 위한 법학적성시험을 통과 후 3년 과정을 최소 6학기를 이수한 학생에 대해 변호사 자격 시험에 응시할 수 있는 기회를 부여한다라고 설명되고 있었다.

로스쿨 제도는 일단은 수 년 간 사법고시와 병행하다 사법고시가 2017년 폐지 될 예정이다.

태훈의 선택은 둘 중 하나를 하라면 당연 사법고시였다.

로스쿨. 물론 편하고 좋기는 하다.

문제는 우리나라에서 법조인의 길을 걷는 이들의 숫자가 가하 급수적으로 늘어날 것이 확실하며 추후의 법조인들은 사법고시를 통해 법조인이 된 이들을 더욱 선호하는 경향이 큰 편이었다.

태훈과 범현은 학교 시험에 대비하면서 이미 사법고시 시험 준비에 들어섰다.

태훈의 경우 4년 간의 고시생 생활 끝에 겨우 턱걸이 합격했던 케이스다.

반면 범현은 내년 바로 합격했던 케이스.

그러나 이젠 달랐다.

태훈 스스로는 내년 자신도 합격할 수 있을 거라고 생각하고 이미 사법고시 시험을 준비 중에 있었다.

물론 사법고시는 우리나라 국가시험 중 최고난이도의 시험으로 5-10년을 공부했는데도 떨어진 이들도 많다.

그만큼 어렵다.

얼마 전 'VJ특공수사대'라는 TV프로에서 최연소 사법고시 합격생을 보여줬다.

14개월을 공부해서 사법고시에 합격했다고 한다.

일반인들이라면 '대단해!' 했겠지만 법조인들은 고개를 저었다.

여성인 그녀는 공부비법을 전수했다.

단숨에 습득한 지식이 실제로 수년을 공부한 이들을 이길 리는 만무했다.

사법고시는 합격했을 지 언정, 실전은 달랐기에 법조인들은 부정적 이미지다.

서울대학교 법과대학은 폐지 예정이다. 내후년부터는 신입생을 받지 않을 예정이며 그 후 남은 학생들이 졸업하면 완전히 폐지가 될 것이다.

태훈이 살고 있는 오피스텔은 혼자 살기에는 꽤 컸기에 기태와 범현이 자주 놀러오고는 했다.

"얘들아 출출하지 않냐?"

기태가 시계를 보고는 말했다.

"원래 출출하다고 하는 놈이 라면 끓이는 거다."

"그딴 게 어딨…."

"라면 우리 집 거다."

"네. 형님. 계란은 넣을까요. 말까요?"

"라면엔 계란이지 자식아."

친구들이 모여 공부하면 잘 안된다고 하지만 이들은 아니었다. 자리에 앉으면 몇 시간을 공부에 매진했다. 기태도 사법고시를 준비 중에 있었다.

어려운 형편인 그는 꼭 사법고시에 합격하겠다는 의지다. 고시생 할 여건도 없었고 사법연수생은 별정직 5급이라는 공무원 신분으로 인정받고 월 90-100만원 돈을 받아갈 수 있었다.

배우는 처지에 월급까지 받으니 사법고시를 합격하면 살 판 나는 것이다.

세 사람이 모여 옹기종기 라면을 먹은 후 담배를 피기 위해 베란다로 나왔다.

"난 진짜 더도 말고 덜도 말고 32평 짜리 아파트에서 엄마하고 나하고 같이 사는 게 소원이다. 이런 집도 괜찮고."

기태는 오피스텔 내부를 돌아보며 말했다.

"미친놈. 넌 더 좋은 데에서 살 것 같은데 고작 32평이 목표냐? 한 60평은 잡아야지."

태훈이 픽 웃었다.

기태의 지향은 대형 로펌이었다.

대한 법무법인 같은 곳도 있긴 하지만 양심적인 로펌도 몇 군데는 있었다. 물론 그 규모는 대한 법무법인보다 작다.

그래도 잘만 하면 억대의 수익이 가능하다.

"아, 빨리 좀 지나가라. 진짜 지긋지긋하다."

범현이 베란다에 양 팔을 걸치면서 말했다. 누구든 지긋지긋하다. 특히나 사법고시에 합격할 수 있을 지에 대한 불안감이 얽매였을 때에는 더욱더 그러했다.

새벽 1시. 밤 하늘에 담배 연기만 자욱하다.

❃

"상장. 위 학생은 서울대학교 법과대학 4년 과정에서 누구보다 우수한 성적과 실력을 보였으며 학우들을 이끄는 리더십과 배려… 생략 이에 졸업생 대표 강태훈에게 이 상장을 수여함."

짝짝짝짝!

단상 위에 올라선 태훈에게로 박수갈채(拍手喝采)가 이어졌다. 드디어 4년 과정의 대학교의 졸업장을 받아냈다.

4년이란 시간동안 한 번도 수석을 놓치지 않았던 태훈은 서울대학교 법과대학의 폐지가 얼마 안 남은 상황에서 주목되는 인재임이 사실이었다.

학사복을 입고 상장을 옆구리에 낀 채 태훈은 졸업생 대표 인사를 하기 위해 마이크를 잡았다.

톡

우우웅

마이크를 건드리자 작은 울림이 퍼졌다. 앞으로는 자리에 착석한 검은 색 학사복을 입은 이들로 인해 검은 물결이 보였다.

"이거 보이시나요? 4년 동안 단 한 번도 수석을 놓친 적이 없습니다. 저를 이겨보려고 애썼던 학우 여러분. 배 아프시죠?"

그는 빙긋 웃으며 그들을 둘러보았다.

"장난이니 돌 던지지 마세요. 전 법과대학 수석자처럼 말합니다. '고소할 거예요.' 4년의 과정을 하게 되면서 어려운 것도 힘들었던 것도 많았습니다… 생략 그리고 가장 중요한 것은 이 안의 모든 이들이 대한민국을 대표하는 수재들이라는 사실입니다. 앞으로 법조인으로써 마주하게 될 얼굴들이 많습니다. 모두 무사히 정상에 오르십시오. 이상입니다."

다시 한 번 박수가 이어졌다.

단상에서 그가 내려왔다. 평범한 졸업식 행사가 이어진다.

그리고 곧 '졸업을 축하합니다!' 라는 외침과 함께 모든 이들이 허공으로 학사모를 벗어 허공으로 내던졌다.

졸업식이 끝이 나고 태훈의 옆으로는 가족들이 붙었다.

수많은 사람들의 시선이 태훈 쪽으로 향했다.

그 중심에는 강혜지가 있었다.

'쟨 무슨 복을 타고 났길래. 수석 졸업에 누나가 강혜지인 거야?'

라는 시선도 어느 정도 있었다.

"졸업 축하한다."

가족과 누나의 말에 태훈은 빙긋 웃었다.

"선배님, 안녕하세요."

"어, 그래 수영아."

졸업식을 지켜보던 수영이 다가와 혜지에게 인사했다.

요즘 수영은 태훈에게 잘 접근하지 못했다.

반 년 전쯤에 매니저가 태훈에게 와서 부탁했다.

'더 매몰차게 대해주세요. 눈길도 주지 마세요.' 라는 말을 했다.

그리고 그 사실을 수영이 알았을 때 그녀는 괜한 피해를 태훈에게 주고 있다는 것을 알고 수그러든 것이다.

"이거 우리 범현이가 저 자리에 서길 바랬는데."

한 무리가 다가왔다. 범현의 가족들이었다.

그의 아버지는 작은 미소로 악수를 청했다. '축하하네' 하고 말한다.

"기태는 어디 갔데?"

"그러게."

"저기 있다."

먼저 발견한 건 수영이다.

그녀의 시선을 따라 이동했다.

누추한 차림새의 아주머니와 함께 구석진 곳에서 이야기를 나누고 있었다.

그의 어머니인 듯 싶었다.

'자식 뭐가 부끄럽다고.'

태훈과 범현은 픽 웃었다. 자신들 사이에 있기 부끄러워서 저기에 있나보다.

그러나 태훈과 범현은 그의 어머니의 행색을 꼬집진 않는다.

어려운 형편에 기태를 서울대학교 법과대학에 보낸 대단하신 분이다.

"어이, 한기태 거기서 뭐해! 빨리 니이 안 와? 사진 찍어야지!"

태훈이 손을 휘휘 젓는다.

그가 머쓱한 표정으로 어머니와 함께 다가왔다.

"엄마 내가 말했지? 나하고 친한 친구 범현이 태훈이. 우리 학교 수석들."

"이 친구들이구나. 잘 생기고 훤칠들 하네."

기태의 어머니 역시도 민망한 모습이었다. 그러나 범현과 태훈은 정중하게 예의를 차렸다.

세 사람이 포즈를 잡고 뒤로 가족들이 함께 섰다.

수영이 외친다.

"자 찍습니다! 하나 둘! 셋! 김치!"

"김치!"

모두가 활짝 웃는다.

이 세 사람의 우정이 이 사진 속처럼 영원히 변하지 않을 진 모른다. 그러나 지금 현재로썬 서로가 서로를 아끼고 존중한다.

2월 22일. 사법고시 1차를 치렀다. 1차 시험은 법률 선택과목 방식이다. 형사정책, 법철학, 국제법, 노동법, 국제거래법, 조세법 등 다양한 분야 중 1과목을 택해서 치르게 된다.

그리고 어학과목 선택은 영어로 하였다.

인터넷을 통해 확인했다. 1차 합격이었다.

범현과 기태 역시 마찬가지였다.

1차를 합격한 것만으로도 대단한 일이었다. 특히나 이제 갓 졸업한 이들이었으니 더욱 놀랍다 할 수 있었다.

1차를 합격 한 후 다음 시험은 6월 25일이다. 그때까지도 세 사람이 사법고시 공부에 열중했으며, 기태의 경우는 생활비가 필요해 과외를 하고 있었다.

1차보단 2차가 훨씬 어려웠다.

1차가 객관식이라면 2차는 논문형이었다. 가장 어려운 시험에 속했다. 헌법, 민법, 형법, 행정법, 형사소송법, 민사소송법, 상법 등으로 구성되어 있었다.

2차 시험을 보게 되었고 다시 3개월이 지났다.

합격자 발표에서 태훈은 당당하게 자리매김해 있는 자신의 이름을 보고는 쾌재를 불렀다.

"오예!"

아무리 자신이 서울대학교 법과대학 수석이자 한 번 사법고시를 합격했던 몸이었지만 조그마한 불신(不信)은 있었기에 안도의 한숨을 쉬었다.

그는 그 다음으로 친구들 이름을 확인했다.

역시나 당당하게 범현은 합격자 명단에 나와 있었다.

"응?"

그러나 아무리 둘러봐도 기태의 이름은 없었다.

두 번을 확인했다.

"떨어졌나보네."

10년이 넘게 합격하지 못한 이들도 있는 것을 감안하면 첫 번째 불합격쯤은 쉬쉬할 수 있는 일이다. 수많은 이들도 첫 시험은 떨어져야 쓴 맛을 안다고 하니까.

그렇지만 함께 연수원 교육을 받지 못할 것에 안타까움이 맺혔다.

"이 새끼 질질 짜고 있는 거 아냐?"

혹시나 하는 생각이 들어 위로라도 하자는 생각에 전화를 걸었다.

-흑, 크흑 떨어졌어. 태훈아. 나만 젠장! 떨어지려면 같이 떨어질 것이지!

역시나 질질 짜고 있었다. '떨어지면 같이'라는 부분에서 조금 울컥할 뻔 했지만 녀석의 기분도 이해된다.

"내년이 있잖아. 내년이. 그때 잘하면 되지."

-젠장, 그놈의 과외를 너무 많이 했어 내가 꼭 내년에는 수석으로 합격할 테다!

그는 눈물의 다짐을 한다.

"그보다 난 석차가 어떻게 되려나."

합격 후 석차는 가르쳐주지 않는다. 연수원에 들어가서야 눈치껏 수석자가 누구인지 알 수 있을 것이다.

심히 자신의 석차가 기대된다.

그는 곧 전화를 돌려 합격소식을 밝혔다.

※

3차 시험은 면접이었다. 면접은 실질적으로 떨어질 확률이 4%가 될까 말까로 적다.

때문에 대부분 2차까지 합격하면 사법그시에 들었다고 생각한다.

태훈의 앞으로 면접관들이 앉아있었다.

면접관들은 이제까지 만났던 이들과 그 급이 다르다고 할 수 있었다. 공석민 교수가 10년 이상 대형로펌에서 일을 하였고 유능했다고는 하지만 이들만큼은 못했다.

사법시험 면접에는 고등법원장 급의 원장 한 사람. 고등법원 부장판사 급인 수석 교수 1인. 부장검사 수석 교수 1

인. 외부로의 교수는 민사 변호사 교수와 형사 변호사 교수로 나뉘어져 있는데, 두 사람 모두 20년 이상의 경력을 가진 베테랑이었다.

즉 이 안의 다섯 사람은 전부 법조계에서는 대단한 힘을 가지고 있는 이들이었으며 연수원을 이끌어가는 이들이기도 했다.

웬만해선 합격 시킨다고는 하지만 긴장할 필요가 있었다.

더군다나 이 자리에 앉는 사람이라면 누구라도 긴장할 것이다.

태훈의 등 뒤로도 식은땀이 흐를 정도였다.

면접은 형식적이었다.

법조인으로써의 인성을 갖추었는지. 법에 대한 지식이 바싹한지 등이었다.

그리고 마지막 질문은 고등법원장 급의 원장이 물었다.

"강태훈 씨가 검사로 재직하다 변호사가 된 경우라고 예를 들겠습니다. 변호사로서 한 대기업에서 근무하고 비자금에 관련한 비리를 알고 계셨죠. 그런데 이 일이 불거져 법정에 섭니다. 유죄가 명백합니다. 그러나 정의(正意)를 위한 검사 출신인 강태훈 씨는 무죄를 변론할 수 있겠습니까?"

역시나. 오랜 시간동안 법조인으로써 살아왔던 이의 날카로운 질문이었다. 그 질문에 태훈의 손으로 땀이 흥건해졌다.

태훈은 마음을 가라앉히고 자신의 의견을 밝혔다.
"무죄 추정의 원칙을 따르도록 하겠습니다."

무죄추정의 원칙. 피고인 또는 피의자가 유죄판결이 확정될 때까지는 무죄로 추정한다는 원칙이다. 실제로 1심이나 2심에서 유죄의 판결이 선고되었다고 하더라도 확정되기 전까지는 무죄의 추정을 받는다.

즉 대기업을 위해 싸운다는 의미였다.
"어째서죠?"

원장은 삐뚤어진 안경을 맞춘다.
"각 개인이 해야 할 일은 분명히 존재합니다. 그리고 전 변호사로써 무죄추정의 원칙을 따라 피고인 혹은 피의자를 위해 최선을 다할 뿐입니다."

'확고하구나.'

태훈의 답이 옳은 것인지 아닌지는 애매하다. 변호사라는 걸 감안하면 당연했고, 검사 출신이었다는 것을 생각하면 모진 사람이었다.

그러나 당당함이 맺힌 확고한 대답은 흥미를 이끌기에 충분했다.
"수고하셨습니다."

원장의 말이었다. 몸을 일으킨 태훈은 옷매무새를 다듬고 정중하게 고개를 숙인 후 밖으로 나섰다.

※

11월 14일 합격자 발표가 떨어졌다.

강태훈 합격.

이범현 합격.

두 사람 모두 졸업하자마자 사법고시를 합격하는 쾌거를 이룩해내었다. 이에 기태는 열을 내고 과외를 최소한으로 줄인 상태에서 미친 듯이 공부에 전념하기 시작했다.

내년 시험에서는 꼭 합격하겠다는 의지였다.

이번 시험의 최연소 합격자는 스물 한 살이었다. 그리고 최고령 합격자는 쉰 한 살이었다.

이 정도로 사법고시의 문턱은 나이를 불문했다.

두 사람의 양 손에는 묵직한 여행 가방이 있었다.

짐을 한 가득 가지고 온 두 사람은 장대하게 높이 솟아오른 건물을 올려보았다.

사법 연수원.

연수생들은 이곳을 '마두 고등학교'라는 이름으로 부른다.

이유는 평범했다. 연수원의 위치가 일산마두의 근처에 있기 때문이며 2년 간의 생활이 마치 고등학생 같아서였다.

연수생 숫자를 기준으로 16-20개 정도의 반으로 나누고 다시 각 반마다 20명 씩 조를 편성해서 나눈다.

반장은 그 반의 최고령자가. 조장 역시도 그 조의 최고령자가 맡는다.

그리고 각 조마다 민사, 형사, 검찰 교수님 등이 지도 교수를 맡아주고 이것이 고등학교와 비슷하다 하여서 마두 고등학교라 더욱더 불리는 이유다.

그러나 담당 교수들은 법조인이 되면 부장판사, 부장검사, 수십 년 경력의 베테랑 변호사라는 이름의 까마득한 감히 얼굴 뵙기도 쉽지 않은 사람들이다.

"가자!"

태훈이 말했다. 두 사람이 위풍당당 정문을 지나 안으로 들어섰다.

사법연수원은 수 년 간의 법조인이 되기 위한 공부 끝에 합격한 베테랑들이 모인 곳이었다.

서울대학교 법과대학이라는 말은 무색할 정도의 인재들이다.

진짜 비로소 경쟁이 시작되는 셈이었다.

❋

　기숙사를 배정 받았다. 2인 1실이었다. 기숙사는 운이 좋아야 들어올 수 있는데 태훈과 범현이 그 운이 좋았다. 공부에 매진하기 위해선 기숙사에 들어오는 게 낫다는 것이 두 사람의 판단이었다.
　두 사람은 각 다른 기숙사 실에 배정되었다.
　태훈이 먼저 들어와 짐을 풀고 있었다.
　문이 열리며 누군가 들어왔다.
　"안녕하세요."
　태훈 본인보다 나이가 많은 연장자이다. 대부분 평균 사법연수생이 서른 초반에서 서른 후반까지가 대부분이다.
　"생각보다 젊은 친구하고 같이 기숙사 생활을 하게 됐네."
　그는 딱 보기에도 어려 보이자 자연스레 말을 놨다.
　"나 김진영이야. 올해 서른 넷."
　"네, 저 강태훈입니다. 스물 다섯이고요."
　김진영이라는 1학년 동안 룸메이트가 될 이는 훈훈한 얼굴형에 뿔테 안경이 잘 어울리는 다부진 체격을 가진 남성이었다.
　셔츠와 슬랙스 바지가 잘 어울리는 남성이다.

"강태훈이면 서울대학교 수석 졸업자?"

"네."

"이야, 이런 인재하고 내가 같은 방을 쓰게 되다니. 반갑다."

악수를 청하곤 양 손으로 감싼 채 흔든다. 어떻게 벌써 그 소문이 연수원에 퍼졌나 싶었다.

하긴, 4학년 과정에서 단 한 번도 수석을 놓치지 않은 태훈이다.

"그보다 침대는 어떻게 하겠어. 난 고소공포증이 있어서 2층은 못 쓰는데."

조금 쌩뚱 맞다. 고소공포증에 의해 2층 침대를 쓰지 못한다는 건.

"제가 2층 쓰겠습니다."

"그래 고맙다. 근데 여기 왜 이렇게 건조하지?"

그는 가져온 여행 가방을 주섬주섬 열더니 뭔가를 꺼냈다.

미스트였다.

그는 안경을 벗어 얼굴에 뿌렸다.

'까탈스러운 성격인가보네.'

미스트를 얼굴에 뿌리는 그를 보면서 태훈은 픽 웃었다. 웬지 잘못하면 꽤 피곤해질 수도 있겠다 싶기도 하다.

만약 정 룸메에트와의 생활이 마음에 들지 않으면 까짓

거 연수원 바로 근처에 원룸이나 오피스텔을 구해야 할 것 같다.

※

입소식을 끝내고 반이 배정되고 조가 편성되었다. 총 열여덟 명으로 구성 된 조에 태훈과 진영이 함께 들어가 있었다. 아쉽게도 범현은 다른 반, 다른 조에 편성된 상황이었다.

첫 날은 특별한 것은 없었다.

같은 반에 배정 된 이들의 자기소개와 지도 교수들과의 만남의 시간이었다.

차례대로 한 사람씩 자기소개를 하기 시작했다.

그리고 유독 앳되어 보이는 남성이 몸을 일으켰다. 스물한 살. 이번 사법고시 최연소 합격자였다. 나이가 어리다고 '대단하다' 라는 분위기는 크게 없는 편이다.

그러나 이 남성이 주목 된 이유는 하나였다.

멘사 출신. 그리고 아이큐 150의 천재라는 이야기가 벌써부터 나돌았고 태훈도 들었던 바가 있었다. 키는 177cm에 준수했고 얼굴도 꽤 잘생겼다.

"이 환입니다. 올해 스물 한 살이고 본래 살던 곳은 대전입니다."

이환이라는 이에게 반의 이들은 경계의 눈빛을 보냈다. 그리고 다시 소개가 이어졌고 어느덧 태훈의 차례가 되었다.

"서울대학교 법과대학을 졸업한 강태훈입니다. 올해 스물 다섯 살이고 고향은 전라북도 김제입니다. 앞으로 잘 부탁드립니다."

이환만큼이나 태훈도 주목 받았다. 서울대학교 법과대학 강태훈. 수능 수석자이기도 했고 법과대학에서 역시 수석을 차지했다.

지도교사들은 쓴 웃음을 지었다.

'2조에 예사롭지 않은 친구들이 들어왔네.'

공교롭게도 두 사람은 같은 조원이었다. 사람들은 이환보다는 태훈을 더욱 경계했다. 소리 소문 없이 법조인 사이에서도 이야기가 돌고는 했는데, 한 마음 법무법인에서 아르바이트를 했던 그는 실제 변호사 못지 않은 실력을 갖춘 인재라는 소문도 무성했다.

그리고 또 도는 소문 중 하나는 강태훈과 이환의 사법고시 성적이 동일한 수석이라는 사실이었다.

그리고 이것은 단순한 소문이 아니었다. 실제로 두 사람의 성적은 동일했다.

나이가 있긴 하지만 스물 다 섯이라는 나이에 IQ150의 천재와 견주는 강태훈은 심히 경쟁에서 경계해야할 요주의 인물이 분명했으며 태훈 본인도 그 소문을 들어 알고 있었다.

'재밌겠네'

같은 조원. 그리고 동일한 성적. 스물 한 살의 천재 멘사 회원. 그와의 경쟁이 눈앞으로 태훈은 선하게 보이는 성 싶었다.

※

3-4월에는 교재 강의를 하고 사례 연구나 기록 작성 등을 배운다. 강의 진도나 시험이 많이 부담스러운 편이었으나 태훈은 줄곧 우수함을 보이고 있었다.

그리고 경쟁자라고 생각되는 이환 역시도 마찬가지였다.

다행이 녀석 성격이 개차반은 아니었다.

조용한 성격이었지만 자신의 의견은 꼬박꼬박 말할 줄 아는 아이였다.

"하. 무슨 이 날씨에 체육대회냐. 애들 장난도 아니고."

룸메이트 진영은 한숨을 푹 쉬면서 고개를 절레절레 저었다. 봄인지라 해는 따뜻했지만 그는 '아, 자외선' 하면서 투덜거리고 있었다.

사법 연수원의 4월의 가장 큰 행사는 체육대회였다.

실상 많은 사람들은 그렇게 생각했다.

공부만 했던 놈들이 체육대회에 임하면 얼마나 임하겠어.
모르는 소리다.

사법연수생들은 자만심이 큰 이들이다.

지는 것을 죽어도 싫어하는 족속들이다.

막상 체육대회가 시작되면 전쟁이 시작된다.

전에 태훈도 사법 연수원 체육대회에서 열이 붙었다가 팔 골절이라는 어이없는 피해를 보기도 했었다.

"그래도 옛날 생각나고 좋죠."

"옛날 생각은 무슨. 에휴, 여어! 미영아."

"오빠!"

김진영은 들어오자마자 커플이 생겼다. 우미영을 보고는 손을 흔든다. 미영은 스물 여섯. 그리고 진영은 서른 넷. 자그마치 여덟 살 차이였다.

나이 차이가 무슨 상관이 있겠냐만 뭔가 이상한 점이 한두 군데가 아니었다.

분명 3월 초에 진영의 손가락에 껴있었던 결혼반지 비슷한 것을 본 적이 있었다. 특별히 그런 이야기를 꺼낸 적이 없기는 했지만 말이다.

더불어 같은 기숙사 생활을 하고 있기에 알았다. 밤마다 한 여성과 통화를 하는데, 저번에는 지나가다가 '당신은 밥 먹었어?' 라는 목소리를 들었다.

이것이 무엇이 문제가 되겠냐만 보통 사람들의 '당신'은 배우자나 약혼 관계의 이들에게 하고는 했다.

그리고 3월 말이 되었을 때 그의 왼 손에 껴져 있던 반지는 어디론가 자취를 감췄고 그와 동시에 그가 미영과 만나기 시작했다.

수상스럽기는 했지만 태훈은 크게 신경 쓰지 않았다.

그들의 일이었고 자신이 관여할 일은 아니다.

1학년의 반은 총 스무 개로 구성되었고 균등하게 각 반에서 운동 좀 한다 싶은 사람들이 각 종목에 출전한다.

축구, 농구, 발야구(여성), 줄다리기, 단체줄넘기, 400m이어달리기 등의 정말 중고등학교 때 하였던 것들 위주로 한다.

태훈의 경우 축구와 800m이어달리기에 참여한다.

서로가 공부만 했던 사람들이라 운동 실력은 잘 알지 못한다.

태훈이 운동에도 바싹하다는 것을 오늘 알려줄 기회였다.

축구 경기가 시작되었다.

이 환도 함께 뛴다.

샤워장에서 본 녀석은 몸도 다부졌다. 한 경기 할 것 같았다.

휘이익!

휘슬이 울리고 중앙지점에 있던 축구공이 상대편 팀에 의해 요리조리 춤을 추기 시작했다.

공격수인 태훈과 이환이 날카로운 눈으로 축구공에서 시선을 떼지 않았다.

※

"저 새끼들은 공부도 잘해, 운동도 잘해, 얼굴도 잘났어. 키도 커. 나이도 어려. 에라이 씨팔. 고추도 졸라게 크겠지?"

태훈과 범현, 이환. 젊은 피 세 사람이 운동장을 뛰어다니며 계속 골을 연발해내자 터지는 탄식이었다. 다른 연수생들은 세 사람에게 기가 질린다는 표정이다.

못하는 게 뭔가.

나이도 어린 것들이. 그들의 얼굴로 짜증이 팍 났다.

타타타탓!

그들의 외침을 아는지 모르는지 태훈의 이마로 땀이 흥건하게 젖었다.

결승전에서 만난 팀은 다름 아닌 범현의 반이었다.

범현이 에이스로 거듭나 혼자서 독점 골을 많이 넣었고 현재 스코어는 3:3 동점 상황이다.

수비 진영을 파고들려고 하지만 앞쪽에서 첩첩산중(疊

疊山中)으로 막고 있었다. 낭패였다.

더군다나 범현 팀원 중 이하늘이라는 서른 두 살의 연수생이 범현 못지 않은 실력자였다.

"에이!"

앞을 막고 있는 이들을 드리블을 이용해 피해가려다가 태훈은 다시 몸을 빼낸다. 서서히 숨통을 조여 왔다. 그들이 일구어낸 포지션도 빈틈 없이 촘촘한 것 같았다.

그때 포지션의 중앙을 살며시 찌르며 들어오는 이가 있었다.

그는 조심스레 신호를 보냈다.

'일단은 승리가 먼저다!'

그는 다름 아닌 이환이었다. 다리에 힘을 주어 방향을 잡아 힘껏 차올렸다. 포물선을 그리며 날아간 공을 이환은 헤딩으로 속도를 늦추어 가슴에 통기어 받고는 빠르게 달리기 시작한다.

이환은 빠르게 움직인다.

한 놈 두 놈, 석 삼 너구리!

네 사람을 현란한 드리블로 빠르게 제치면서 골대에 근접했다.

그 순간 이하늘이 그에게 빠르게 달려갔다.

이환은 지금 차지 않으면 기회는 없다고 여겼다.

있는 힘껏 차냈다.

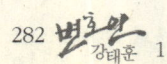

팡!

힘 있게 날아간 공. 골키퍼가 몸을 날렸다.

젠장! 아슬아슬하게도 주먹 쥔 손 끝에 맞아 궤도가 바뀌며 골대를 맞고 공이 튕겨 나왔다.

그 순간 달려오던 태훈이 공을 힘껏 찼다.

스으우웅!

타악!

골대가 요동쳤다.

GOAL.

들어갔다.

휘이이익!

휘슬이 울렸다. 게임 종료. 1학년 1반의 축구 우승이었다.

"나이스!"

이환이 힘껏 소리쳤다. 태훈이 엄지 손가락을 치켜세웠다.

"이런…."

범현은 그 모습을 보며 머리를 쥐어뜯었다.

친구는 친구고, 이긴 건 이긴 거다.

그 다음 경기는 항상 체육대회의 묘미를 장식하는 800m 이어달리기였다.

이번에도 태훈과 이환이 같은 반에서 출전하며 진영도

달리기는 좀 한다며 합세했고, 노인수라는 연수생도 800m이어달리기에 참여했다.

  예선전이 이어졌고, 곧 결승전이 열렸다.

  총 네 팀이 남았다.

  준비 선 앞에 대기하고 있다가 화약총이 터지는 소리에 네 팀이 뛰기 시작했다.

  탕!

  가장 중요한 경기였다. 이유는 1학년 1반과 범현이 속한 1학년 4반이 현재 종합 동점이었기 때문이다.

  타타타탓!

  태훈의 팀 노인수는 예상외로 빨랐다. 2등으로 빠르게 치고 들어오기 시작했다.

  그 다음으로 바통터치. 진영이 받았다.

  진영은 노인수보다는 조금 느렸다. 그러나 2등을 유지하면서 반 바퀴를 돌았다.

  잘 나가나 했더니 바닥으로 넘어졌다.

  철퍽!

  '저 화상….'

  한 달 같이 지내보니 알았다. 저 사람. 서른 넷과 맞지 않게 조금 허당이다.

  순식간에 추월당해 꼴찌가 되었다.

  태훈은 입술이 바짝 말랐다.

3등과 30m의 거리를 두고 들어온 진영은 헥헥거리며 이환에게 바통을 넘겼다.

타타타타!

"우와."

"뭐야. 저 새끼."

이환의 달리기는 빨랐다. 태훈도 다소 놀랐을 정도였다.

"아! 이환 연수생! 단숨에 3등을 제칩니다. 놀랍습니다! 2등과의 거리 좁힙니다!"

한 연수생이 마이크를 쥔 시늉을 하면서 사회자처럼 외쳤다.

그러나 환이 2등을 완전히 제치는 건 불가능했다.

"우리가 이긴 것 같다."

"길고 짧은 건 대봐야지."

범현이 장난스레 웃었다.

범현 쪽에 먼저 바통이 쥐어졌다. 3-4초의 차이로 이환이 바통을 넘겼다.

'해보자!'

바통을 넘겨 받은 태훈이 내달리기 시작했다.

그는 바람과 같은 속도로 얼마 차이 나지 않던 2등을 제쳤다.

범현과 그의 거리 20m정도였다. 좁히기에는 힘겨운 거리다. 태훈은 전의 삶에서 변호사 축구대회에서 당당히 우승을 차지하게 만든 장본인이었고 주특기는 누구보다 빠른 발이었다.

반대로 범현은 현란한 기술과 파워풀한 슈팅이 강한 녀석이다.

발은 태훈이 더 빠르다.

타타타탓!

"강태훈 연수생! 빠르게 선두로 내달리고 있는 이범현 연수생을 쫓습니다! 대단합니다."

"이거 발이 보이지 않습니다! 정말 대단한 경기입니다!"

사회자 흉내를 내는 이들은 무르익었다. 태훈의 발은 보이지 않을 정도로 빨랐다.

10m 8m 7m 5m.

거의 다 따라 잡았다.

그러나 결승지점이 거의 근접했다.

2m.

바로 뒤끝까지 쫓아왔다. 범현이 이를 악물었다. 태훈도 마찬가지였다. 종아리가 팽창해지는 느낌이다.

1m.

거의 나란히 달린다. 그러나 범현이 조금 앞섰다.

그리고 40cm의 차이.

애석하게도 범현이 먼저 들어갔다.

타타탓!

"우승! 결국 1학년 4반이 800m이어달리기 우승을 차지합니다!"

사회자는 이젠 극도의 흥분 상태다.

정작 태훈과 범현에겐 그 목소리가 들리지 않았다.

"허억허억."

"커허억. 허억."

태훈은 결승선에 들어오자마자 드러누워 버렸다.

숨이 턱 끝까지 차올랐고 심장의 펌프질이 귓속까지 퍼졌다.

간발의 차이로 졌다.

아쉽다.

달렸더니 햇빛이 뜨거워지는 느낌이다.

해가 얼굴을 비췄다. 그리고 뻗어진 손 하나를 잡아 몸을 일으켰다.

범현이었다.

"자식 잘 뛰긴 어지간히 잘 뛰어요."

"아깝다. 역전극이 재밌는 건데."

범현이 그의 등을 털어주었다.

승리가 무엇이 중요한가. 재밌었으면 된 거지.

1학년 4반이 사법연수원 체육대회의 우승을 차지한다.

연수원 기간에는 체육대회 때나 수학여행 때가 가장 재밌는 추억거리이지 않나 싶다.

※

6월 말. 해가 뜨겁다. 다행이도 연수원 반의 에어컨은 빵빵하게 잘 돌아간다. 그렇지만 연수생들은 식은땀을 줄줄 흘려가며 시험에 임하고 있었다. 1학기 평가였다.

1학기의 평가는 시험 과목도 많았고 암기 량도 장난이 아니었다. 첫 평가를 치루는 이들은 긴장할 수 밖에 없었다.

출제 방식도 기존의 방식과는 다르다.

보통 객관식이면 4-5개 정도의 지문을 낸 후 '틀린 것' 혹은 '옳은 것' 을 고르시오. 한다.

고르는 방식은 같다.

그러나 연수원의 1학기 평가의 객관식 지문은 8-9개였다. 이중 맞는 것을 정확히 집어내야 해서 난처한 상황이다.

지문을 제대로 고르지 않으면 오히려 점수가 깎일 수도 있다. 때문에 어중간하게가 아닌 확실하게 답을 아는 사람이 좋은 점수를 받을 수 있었다.

시험을 끝낸 후 태훈은 그제야 펜을 놓았다.

그에게도 어려운 시험이었다.

그는 숨을 훅하니 뱉어냈다.

1주일 후 점수가 나왔다.

점수만 보여주고 일부러 석차는 보여주지 않는다.

그러나 연수생들은 자신들끼리 경쟁의식이 붙기에 자신들 만의 석차를 만들고는 했다.

태훈도 중앙 휴게실에 걸려있는 성적표를 보고는 눈살을 찌푸렸다.

그의 눈가가 파르르 떨렸다.

새로운 삶을 살게 되면서 처음으로 가지게 된 패배의 독주라고 해야 할까.

이환이 8점 차이로 태훈보다 높았고 태훈은 그의 밑이었다. 아마도 전체석차 2등일 거다. 그 밑으로는 범현이 아니었다. 범현은 석차 5위 정도였다.

그만큼 이곳 사법연수원의 수준 자체가 높다는 의미였다.

'후우, 낙심하지 말자."

그는 호흡을 가다듬었다. 자신은 명확한 천재가 아니었다. 단지 삶을 한 번 더 살고 있는 것일 뿐. 패배는 인정하는 게 속 편했다.

등 뒤로 어깨에 누군가 손을 올렸다.

범현이다.

"내가 고등학교 때 너한테 진 기분 알겠냐."

"이런 기분이었냐. 뭔가 씁싸름 하면서도 날 되돌아보게 되네."

"어쩌겠냐. 암기의 천재인데."

시험 자체가 암기로 해결되는 시험과 마찬가지였다. 범현의 말이 맞았다.

이환은 점수로는 8점 자신을 이길 수는 있어도 실전에서는 절대 자신을 이길 수 없었다.

몸을 돌렸다가 빙긋 웃던 이환과 눈이 마주쳤다.

이환은 아차하며 표정을 지웠다. 무례라고 판단한 것이다. 태훈은 손을 휘휘 저었다.

"다음 번에는 얄짤 없다."

나이를 그보다 더 먹었는데 꼬장 피우는 건 추태다.

쿨한 게 좋다.

다음 기회는 언제든지 있으니까.

❋

생각보다 기회는 빨리 왔다. 7월 해외로 연수를 다녀오고 8월의 행사에는 봉사활동이 있었다.

봉사활동은 약 2주에서 4주 정도 하게 되는데 보통 구청, 법률구조공단, 노동단체, 소비자 단체 등에서 방문자

및 전화상담, 인터넷 상담 등을 하게 된다.

공교롭게도 이번에 국선 변호사 사무실에서 작은 무료 법률 상담을 운영한다고 한다. 시범식 단계로써 요즘 국선 변호사들이 너무 성의 없다. 라는 의견이 계속해서 제출되자 이미지 완화를 위해 무료 법률 상담을 택한 것으로 안다.

때문에 사법연수원에서 특별히 연수생 중 태훈과 이환을 국선변호사 사무실로 봉사활동을 보냈다.

두 사람의 조촐한 자리가 마련되었다.

국선 변호사.

공익 변호사와 비슷했지만 달랐다.

공익 변호사들은 기부금을 통해서 월급을 받는다. 반면 국선 변호사는 나라의 국고를 받는 사람들이었다. 또한, 변호사를 선임할 능력이 없는 약식기소를 받는 이들이 아닌 형사재판에 서게 된 이들을 위해 존재하는 변호사들이었다.

그 층은 군사법원에서 선고를 내리는 사건이나 의사표시 표현이 힘든 미성년, 농아자, 심신장애, 70세 이상 고령자, 또 다르게는 국민 참여 재판 시 변흐해줄 수 있는 변호인이 없을 때 등이었다.

국선 변호사들을 이끄는 김한기 변호사는 협소한 자리에 '무료법률상담' 패를 걸고 앉아 있는 태훈과 이환을 흥미로운 표정으로 보았다.

연수원 원장에 의하면 둘 다 모든 방면에서 특출한 인재라고 했다.

한 사람은 IQ150.

한 사람은 서울대 법과대학 수석.

또 연수원에서도 수석을 다투는 두 사람이다.

'IQ150이냐. 법과대학 수석이냐. 재밌구만.'

흰 머리가 많이 올라오고 쉰 두 살의 그는 부드러운 눈으로 두 사람을 보았다. 한 사람은 애초에 천재적이었고 한 사람은 노력형 천재로 판단되었다.

두 사람이 무척 기대된다.

국선 변호사 사무실은 나름 붐볐다. 총 일곱 사람이 팀을 이뤄서 움직이고 있었다.

이환과 태훈은 무료법률 상담을 원하는 이가 오기만을 손꼽아 기다렸다.

딸랑!

문 열리는 소리에 절로 시선이 돌아갔다.

한 눈에 보기에도 선임 된 변호사가 없는 이였다.

얼굴에 여드름이 많이 났고 키도 작았다.

교복을 입고 있는 남자아이였다.

그는 머쓱한 듯 머리를 긁적였다.

"무료법률 상담 한다고 해서 왔는데요."

"이쪽으로 오시죠."

이환이 가로챘다.

태훈과 두 사람의 거리는 30cm도 되지 않을 만큼 실상 무척 가깝다.

"변호사 맞으신가요?"

소년은 국선 변호사라고 해서 낡은 정장을 입은 중년 정도를 생각했는데 젊자 의아했다.

"정식 변호사는 아직 아니지만 연수원 과정을 수료하고 있는 시보생이니 안심하셔도 됩니다."

그는 빙긋 웃었다. 다른 이들이라면 막상 상담하려면 덜컥 겁난다.

고작 연수원 한 학기를 배웠는데 법률상담에 능통할리 없어서다.

그러나 이론으로는 누구보다 앞서는 그는 당당했다.

이야기를 들었다.

태훈도 파리만 날리고 있었기에 같이 들을 수 밖에 없었다.

소년은 학교에서 한 친구 녀석에게 집요한 괴롭힘을 당하고 있다고 힘겹게 입을 떼었다.

"어려운 건 없네요."

이환은 빙긋 웃었다.

"말씀하신 것에 의하면 경미하지만 폭행도 있었고 친구들을 선동한 따돌림도 존재했네요. 금품갈취 역시도 있었고요. 대게 요즘은 학교 폭력이 발생하면 학교폭력대책자치위원회가 열려 진상 조사를 하게 됩니다. 조정을 통해 금전적인 피해 보상을 받을 수 있고요, 형사 처벌을 원하시면 보호자인 부모님을 통하여서 형법 제 260조 1항에 의거하여 2년 이하의 징역. 500만원 이하의 벌금 과료에 처하게 할 수 있습니다. 만약 그 가해 학생이 상습범이라면 그 죄에 가중처벌 할 수 있습니다. 그리고 또한 형법 제 283조 협박죄에도 해당하여…."

"자, 잠깐만요. 너무 어려워요. 형사고소요? 손해배상이요?"

소년은 당혹한 기색이 역력했다.

이환의 문제점이 적나라하게 드러나는 순간이었다.

자신이 빠싹한 것처럼 남도 빠싹한 것으로 안다.

그리고 소년의 표정을 보았을 때 소년은 그 정도까지의 처벌을 원하진 않는다.

"괜찮으시다면 제가…."

태훈이 조심스레 운을 떼는 순간이었다.

소년은 기다릴 것도 없다는 듯이 태훈의 바로 앞자리로 왔다. 이환은 순식간에 의뢰인을 뺏기자 놀란 토끼눈이 되었다.

자신은 명확하게 답을 알려줬는데 소년은 그것을 기피했다.

"올해 열 일곱 살? 한참 좋을 때네요. 하하."

태훈은 이환과는 다르게 부드러운 분위기로 이끌었다. 괜스레 취미를 물어보기도 했다.

"이야, 린니지요? 그거 되게 재밌는데. 레벨이?"

"70이요."

"이야! 만렙 아니에요. 만렙! 멋진데요?"

"가, 감사합니다."

소년이 작게 웃었다. 긴장을 풀어주기 위함이다. 어떤 사람이든 변호사를 찾아왔다는 것은 그만큼 생각을 했다는 거고 소년도 마찬가지다. 긴장을 풀어줄 필요가 존재했다.

"학교에서 그 친구가 많이 괴롭히나 보네요. 참, 아직 철이 덜 들었어요. 그런 놈들은."

'지금 뭐하자는 거야?'

반대로 이환은 눈살을 찌푸렸다.

무엇을 하고 있나 싶은 것이다.

"그래서 앞의 분께서는 어떻게 하고 싶어요. 정말 옆의 변호사님 말씀처럼 형사고소가 하고 싶은가요? 원한다면 그렇게는 충분히 자문 드릴 수 있습니다. 또 금전적으로 받았던 피해까지도 받을 수 있어요. 그렇지만 진심으로 원하시나요?"

태훈은 조심스레 물었다.

소년은 많은 것을 생각 했을 거다.

학교에서 자신이 그런 일을 당했다는 걸 부모님이 안다면 얼마나 슬퍼하실까. 화가 치닫고 상대 아이의 부모님과도 싸우게 되겠지.

혹여 법으로 가면 학교에서 아이들은 '비겁한 겁쟁이'라고 놀리겠지. 라는 생각도 했을 것이다.

소년은 묵묵부답(默默不答)이었다.

"제가 한 가지 이야기를 해드릴게요. 저도 예전에 그쪽 분처럼 힘없고 약해서 친구들에게 괴롭힘 받기 일쑤였어요. 그러다 운동을 배우기 시작했죠. 혹시 UFC의 원대호라는 선수 아시나요?"

"네."

지금 시기가 원대호가 한참 UFC를 휘어잡고 있을 때였다. 요즘도 TV에서 자주 보고 통화도 하며 응원하고 있었다.

"저희 학교 선배셨는데, 제가 찾아가서 '운동 좀 가르쳐주세요!' 했어요. 그 선배한테가 아니었어도 운동을 배웠을 겁니다. 이 제 주먹 하나로 해결하기 위해서 말이죠. 그리고 1년이 지났을 때, 전 절 괴롭히던 친구들을 아주 혼내줬어요. 피 떡이 되게 말이죠."

태훈은 자랑스럽다는 미소로 웃었다.

"그런데 남는 건 크게 없더라고요. 단지, 내가 노력해서 괴롭힘에서 벗어났다는 해방감은 있었어요. 어른들 세계처럼 '법'으로 가는 건 최후의 수단입니다. 자신을 믿고 한 번 이겨 내 보려고 해보세요."

많은 거짓말이 가미 된 말이다. 원대호가 자신을 찾아온 게 맞고, 본인이 맞고 다니던 학생은 아니었으니까.

그렇지만 이 아이가 원하는 건 어려운 법률 용어가 아니라, '희망'이다.

"저, 정말 제가 그 녀석을 이길 수 있을까요? 운동 좀 해서요?"

"요즘 아이들 쉽게 말해 그게 싸움인가요, 그냥 주먹 좀 휘두르는 거지 제가 1년 딱 배워본 결과 1년 운동한 놈. 주먹 무식하게 휘두르는 애들이 이길 수가 없어요. 하하. 그리고 정 안되겠다 싶으면 그냥 막 덤벼 들어요. 한 번 덤비면 그 다음엔 못 건들 거든요."

소년의 얼굴로는 희망이 생겼다. 태훈은 빙긋 웃었다.

"근데 원대호 선수… 그 이야기 진짜인가요?"

"에에? 못 믿겠어요? 이거이거 또 보여줘야 되나."

태훈은 고개를 절레절레 저으며 휴대폰을 꺼냈다.

대호와 자신이 함께 다정하게 찍은 사진을 보여줬다.

"지, 진짜다."

"정말입니다. 자신을 믿어 봐요. 스스로 이겨낼 수 있는 때입니다."

태훈은 빙긋 웃었다.

소년은 얼마 후 몸을 일으켰다. '감사합니다' 라는 말과 함께 밖으로 나섰다.

그는 숨을 골랐다.

"환아. 법률상담이라고 해서 무조건 법률적인 지식만 건네는 건 옳지 않아. 실제로 법으로 해결하고 싶은 사람이 얼마나 되겠어."

이것이 태훈과 이환의 차이였다.

노련한 변호사로써의 생활 경력이 있던 자.

현재 최연소 연수원. 뛰어난 두뇌. 그러나 정작 실전 경험이 없는 자.

두 사람의 차이는 확연이 컸다.

'재밌는 청년일세.'

김한기 변호사는 태훈을 흥미로운 표정으로 바라보았다. 작은 웃음이 스쳤다.

※

태훈은 계속해서 법률무료상담에서 뛰어난 두각을 드러내고 있었다. 국선 변호사들은 작은 감탄을 할 수 밖에 없었다.

이제 겨우 연수생이었다. 그러나 사람의 심리를 꿰뚫고

가끔은 심리 치료사처럼, 가끔은 진짜 변호사처럼 자문을 구하는 모습은 A급 변호사로 치부되기에도 손색이 없었다.

반면, 이환은 삐걱거리고 있었다.

그것은 우월한 사람의 고정관념(固定觀念)이었다.

쉽사리 그 생각이 변하지 않고 태훈의 조언에도 고집이 생겨 좀처럼 말을 듣지 않고 있는 것이다.

딱 3주 동안 국선 변호사 사무실에서 무료법률상담으로 봉사활동을 마친다.

오늘이 마지막 날이었다.

잠깐의 빈 시간을 이용해 태훈은 담배를 피고 있었다.

김한기 변호사가 왔다.

"이거 자네가 없으면 심심해서 어쩌나."

"하하, 심심하시다뇨."

"다른 녀석들은 재미도 없고 신선하지도 않은 농담밖엔 없거든."

김한기 변호사는 종이컵에 담긴 커피를 홀짝였다.

"자네. 혹시 국선 변호사에는 생각이 없나?"

실상 김한기 변호사도 안다. 요즘의 국선 변호인들은 개차반들이다. 성의 없었고 오히려 자신이 맡은 사건이 뭔지도 잘 모르는 녀석들도 몇 있을 정도다.

이것이 지금 국선변호사들의 실태다.

그러나 태훈은 아니었다. 말 한 마디 건네는 것에 조언이 담겨있었고 법적 지식도 대단했다.

그 같은 사람이 국선 변호인이 되야 한다.

사람들의 입방아에는 '국선 변호인 할 바에 사선 변호인이다.' 라는 이야기가 있다.

그러나 강태훈은 그 허물마저도 철저히 무너뜨릴 수 있는 존재다.

"염두는 해 두겠습니다."

"그래. 깊게 생각해보게. 이거 사법연수생 수료 1천명 시대에서 요즘 변호사들 다 박봉이야, 박봉. 우리가 많이 벌진 못해도 먹고 살만큼은 번다고."

김한기는 큰 강요는 하지 않았다.

그의 실력을 보아 한 두 군데에서 스카웃 해갈 인재가 아니다.

그리고 태훈은 요즘 고민 중에 있었다.

변호사로써의 분야는 너무 넓었다.

권력을 잡고 싶다면, 판사가 된 후 변호사로 바꾸는 방법도 있었다.

돈을 많이 벌고 싶다면 대형 로펌이나 기업소속 변호사가 될 수 있다.

그리고 신명나는 사건을 맡아보고 싶다면 국선 변호사가 되는 것이 있으며 보람을 위해서라면 공익 변호사가 되는 방법도 있었다.

이중 일단 판사 후 변호사는 태훈은 기피한다.

권력욕에는 크게 관심이 없었다. 그 다음 대형 로펌역시도 마찬가지다.

그곳은 돈독 오른 사람들 소굴이 대부분이다. 차라리 자신만의 방식으로 많은 돈을 벌겠다.

국선 변호사와 공익 변호사.

꽤 구미가 당기는 말이다.

이야기를 끝낸 후 다시 사무실에 들어갔다.

얼마 후 두 사람은 짐을 챙겨 몸을 일으켰다.

"자네는 강태훈 시보생의 조언을 조금 귀담아 들을 필요가 있어. 우리는 모두 사람일세. 법은 그들의 갈등에서 어쩔 수 없는 선택일 뿐이야. 자네의 생각보단 변호사로선 의뢰인이 원하는 걸 알아야지."

"예."

"그리고 자넨. 내가 말했던 거 깊게 한 번 생각해보게."

'칫.'

이환은 슬쩍 곁눈질을 했다가 들리지 않게 한숨을 쉰다.

무슨 이야기가 오갔을지 안다.

그는 다소 이 상황이 황당했다.

법률상담답게 지식을 던졌는데, 자신의 사사로운 이야기나 하면서 사람들을 돌려보내기나 하는 태훈이 국선변호사들 사이에서 훨씬 인기가 컸다.

　이환의 그 고정관념(固定觀念)은 깨지기 아직 먼 듯 하다.
　태훈의 얼굴로 작은 웃음이 감돌았다.
　자신이 성적으로는 졌지만 이환은 실전으로 절대 자신을 이길 수 없다. 조금 유치하긴 하지만 기분은 좋다.

※

　3주 간의 봉사활동을 끝내고 사법연수원으로 돌아온 태훈은 고개를 갸웃했다. 김진영이 있던 자리에 다른 연수원이 자리를 트고 있었기 때문이다.
　"그 친구 본래 살던 아파트로 들어갔어. 출퇴근 한다던데?"
　강현수라는 연수원이었다. 태훈은 고개를 끄덕였다. 진영은 참 의아한 구석이 많은 이였다. 기숙사에 자잘한 짐을 푼 태훈은 범현도 돌아 왔다 길래 같이 커피나 한잔 할까 해서 중앙 휴게실로 향했다.
　중앙 휴게실에는 진영과 우미영이 있었다.
　"미영아 내 말 좀 들어봐. 그게 아니라니까."
　"더 이상 할 말 없어. 하! 진짜 뻔뻔하다 뻔뻔해. 어떻게 약혼도 한 사람이…."
　'응?'

두 사람은 말다툼 중이었다. 미처 태훈을 발견하지 못한 우미영의 입에서는 뜻밖의 이야기가 흘러나왔다.

'약혼? 역시 그랬나.'

태훈은 그가 결혼 상대 혹은 약혼한 상대가 있던 것은 아닐까하고 의심은 하고 있었는데, 그게 현실이 되는 순간이었다.

"태, 태훈아…."

"오랜만이에요."

태훈은 못 들은 척 아무렇지도 않게 자판기로 걸음을 옮겨 밀크커피 버튼을 눌렀다.

"에이, 왜 매일 툭하면 싸워요. 친하게 좀 지내요. 연인끼리."

"그, 그래…."

진영은 유의 깊게 살피더니 안도의 한숨을 쉬는 눈치다. 두 사람 딴에는 태훈이 못 들었다고 생각하나보다.

두 잔을 뽑은 태훈은 범현이 오자 턱짓했다.

"담배나 한 대 피자."

크게 관심은 없었다.

막 흡연실의 문을 열고 들어가려던 태훈은 뭔가 싸한 느낌에 두 사람을 돌아봤다.

두 사람은 중앙 휴게실이 아닌 다른 장소로 몸을 옮기고 있었다. 그는 미간을 찌푸렸다.

'뭐지 이 느낌은. 뭔가 싸한데.'
"뭐해?"
"아냐, 아무것도."
그는 단순히 자신의 기분 탓인가 하며 흡연실로 들어갔다.

※

연수원이 눈에 띄게 북적거리기 시작했다. 실무수습 및 전문기관 연수를 갔던 2학년생들이 돌아왔기 때문이다. 주차장에는 발 디딜 틈이 없을 만큼 차가 꽉 찼고 여유롭던 학교가 꽤 시끄러워진 것 같은 느낌이다.

8월에는 모의재판이 있었다.

각 조에서 모의재판을 진행한다.

태훈이 변호사를 맡았고 진영이 검사 역할을 맡았다.

그리고 재판장으로는 이환이 맡았으며 우배석 좌배석 서기 등등은 각 조원들이 골고루 분포되어 맡게 되었다.

연수원의 모의재판은 한 마음 법무법인에서 했던 것과는 차원이 달랐다. 실제 법원을 빌려서 진행이 되고 기간을 두고 진행이 되는 식이었다.

이번 모의재판에서 최우수 평가를 받은 것은 다름 아닌 변호사 역할이었던 태훈이었다.

실제 변호사와 같이 사건을 진중하고 침착하게 바라보았고 막힘없이 진술했던 부분과 논리적인 결단력에 교수진들로부터 극찬을 받기에 충분했다.

반면, 이환의 경우는 너무나도 '법적'으로만 고려했다. 라는 작은 지적을 받았다. 그러나 그도 훌륭했던 것은 사실이다.

이미 사람들의 진로는 정해졌다. 모의재판에서 보았듯이 말이다.

김진영은 검사를 지향하고 이환은 판사를, 태훈은 변호사를.

전부 제각기 하고 싶은 직종을 모의재판에서 보였다.

"그 이야기 들었지? 김진영 연수생 불륜이었던 거."

"네."

10월이 되었을 때에 진영이 불륜이었다는 소문이 연수원 전체에 퍼져버렸다. 얼마 전에는 두 사람이 이별통보를 한 것 같았다.

서로 말 한 마디 주고받지 않고 있었다.

인과응보(因果應報)였다.

태훈은 두 사람을 볼 때 마다 뭔가 계속 까먹은 듯한 느낌을 받았다.

그것이 뭔지는 정확히 콕 집지는 못했다.

아마도 자신이 중요시하게 여겼던 부분은 아니었던 것

으로 사료된다.

　시간이 지나면 밝혀지든, 아니면 흘러가듯 할 것이라고 생각하고 큰 관심은 두지 않았다.

　"혼인신고도 되어 있었다는구만. 어떻게 그렇게 뻔뻔하게 젊은 여자랑 놀아나는 건지. 근데 우미영 그 여자도 문제가 있어. 이번에 유해진 연수생하고 만나기 시작했다는데. 참나."

　강현수는 남 험담을 좋아라하는 성격이었다. 그래도 진영과 지낼 때보다는 덜 피곤한 성격이었다.

　혼인신고도 되어 있었다는 소문은 좀 충격적이었다.

　그러나 잘 둘러보면 '불륜'은 너무나도 쉽게 일어나는 일이 아니던가.

　더불어 아내와 떨어져 몇 개월을 지내니 불륜의 불꽃은 더 싹이 튼 것이리라.

　그렇다고 김진영의 이미지가 완화되진 못한다.

　그 욕구를 참지 못했다는 건, 순전히 그의 잘못이었으니까.

　그러니 이제 정신 차리고 자신의 아내에게 헌신해야 옳았다.

　―강태훈 연수생. 원장실로 와주시기 바랍니다.

　방송이 퍼졌다.

　태훈은 고개를 갸웃하며 몸을 일으켰다.

원장실로 들어가자 고등법원장 급의 원장 이창식이 있었다.

고등법원장은 주로 차관의 예우를 받는다. 꽤 높은 직급으로 실제로 태훈도 변호사시절 고등법원장 앞에서는 얼굴을 들고 다니긴 힘들었다.

그만큼 경력과 급이 달랐던 것이다.

"앉지."

서적을 보며 안경을 끼고 있던 그는 벗어 책상 위에 올려놓고는 소파에 와서 앉았다.

"내가 자네를 왜 불렀을 것 같나."

태훈은 알면서도 모르는 척 '잘 모르겠습니다.' 라고 답했다.

"한 번 진로에 대해서 이야기 나눠보고 싶어서이네."

'역시.'

태훈은 자신의 예상이 맞아떨어지자 보이지 않을 미소를 지었다.

"왜 굳이 변호사가 되려는지 나는 이해가 되지 않아."

"제가 하고 싶은 일이니까요."

"고작 그것 뿐인가. 자네 영특한 사람 아닌가."

그의 대답에 이창식의 미간이 잔뜩 찌푸려졌다.

엄연히 법조인에도 급이 존재했다.

판사〉검사〉변호사 순이었다.

"영특한 머리로 사람들을 위해 변론하고 싶습니다."

"판사가 되면 누릴 수 있는 게 많아. 물론 밤새 판결문이나 작성하고, 시덥지도 않은 피고인의 울분이나 들으면서 고민해야겠지만 판사만큼의 대우는 어디에서도 받을 수 없네, 법조인으로써는. 그리고 추후 자네 정도라면 어쩌면 나 같은 고등법원장 자리도 생각해 볼 수 있지 않나."

태훈은 모든 교수들이 인정한 탁월한 인재다.

IQ150이라는 암기능력만 최고고 다른 것은 텅텅 빈 이환과는 차원이 달랐다.

실전 경험이 풍부한 것과 같이 노련했고 그 상황판단 능력 역시 탁월했다.

그런 대단한 인재가 어째서 변호사로써 썩으려는지 알 수 없었다.

물론 태훈도 자신의 인생이란 길에서 '성공'만 놓고 본다면 얼마나 어리석은지 안다.

그러나 돈독이든, 권력이든 전생에 이미 발을 뻗은 적이 있었다.

그 세상이 얼마나 추악하고 냄새나는지 안다.

진실을 외치는 판사들이 모두 깨끗하다고 생각하는가?

아니다. 그들 근처에서 시궁창 같은 냄새가 날 때도 분명히 있다.

특히나 태훈은 누구보다 그것들을 자주 보았다.

어째서? 자신 본인이 그들과 어울렸던 사람이니까.

이창식 원장은 그나마 양반인 편이었지만 실제로 법조인들 중에서도 더러운 사람은 많다.

특히나 판결문을 통해 한 사람의 운명을 좌지우지하는 판사.

태훈은 실상 같은 생을 반복하고 그러면서도 판사로써 판결문을 작성할 용기가 남아있지 않았그 하고 싶지도 않았다.

"죄송합니다. 전 제 뜻을 꺾을 생각이 없습니다."

이창식 원장은 답답해 죽겠다는 표정이다.

좋은 자리 떡 하니 가져갈 수 있고 자신이 도와줄 수도 있다.

태훈은 그만큼의 인재였으니까.

그런데 뭐가 싫어서 이렇게 마다하는가!

20분이 넘도록 같은 말을 했지만 대답은 한 결 같았다.

"그렇다면 이렇게 함세. 자네 미필이지?"

갑작스런 군대에 관련한 질문이었다.

"자네의 성적이면 빼도 박도 못하고 군판사일 테니. 전역 후에 좋은 자리 하나 소개해주지. 내가 법무법인 화산의 대표와 아주 친분이 두터워. 자네가 연수원을 졸업하면 내가 그곳에 좋은 자리 하나 마련해주도록 하지."

"죄송합니다. 로펌에 들어가는 건 아직 고려해 봐야 할 문제인 것 같습니다."

법무법인 화산은 대한 법무법인과 유일하게 호각을 겨룰 지도 모르는 법무법인이다. 변호사들도 바르다고 평이 있었고 무조건적인 수익창출만을 위하는 곳은 아니다.

그러나 현재 태훈은 어떤 변호사로서의 길을 걷는 게 옳을까 크게 고민 중이었고 이창식 원장의 제의에 의해 그 많은 길 중 하나에 법무법인 화산이 고려 대상으로 남았을 뿐이다.

태훈은 이야기를 마치고 나섰다.

'저 멍청한…!'

이창식 원장은 정말 이해되지 않는다는 표정이다.

밖으로 나온 태훈은 숨을 훅 뱉었다.

자신이 연수원 과정을 수료 후 군법무관으로 군복무를 마친 뒤 사회에 나오면 사람들은 자신을 질타하고 손가락질 할지도 모른다.

그 좋은 자리들을 박차고 '변호사'를 택했다는 이유에서 뿐이다.

그러나 '변호사'로써 성공 못한다는 법이 있던가?

그런 건 존재하지 않았다. 자신은 과거 비도덕적인 변호사로써의 방법으로 많은 수익을 거둬갔지만 이젠 인지도를 통해서 돈도 남들만큼 많이 벌 수 있다고 생각한다.

자신은 자신만의 방식으로 성공할 수 있다. 꼭 남들이 정한 룰을 따를 필요는 없었다.

"커피 한 잔 시켜놓고. 담배 한 대 꼬나물고."

그는 이상한 자작 노래를 부르며 중앙 휴게실로 향했다. 중앙 휴게실로 들어서는 모퉁이를 돌다가 누군가와 부딪쳤다.

툭!

"이크! 이거 죄송합니다. 제가 주의했어야 하는데."

태훈은 미안한 기색을 보였다. 여성이었다.

서른 두 살 정도 되어 보인다.

그런데 얼굴이 익숙하진 않다. 대수롭게 생각하진 않았다. 얼굴 모르던 2학년생들이 다시 연수원으로 전부 돌아와서 모르는 얼굴 투성이었다.

여성은 아무 말 없이 바닥으로 손을 뻗었다.

부딪치면서 뭔가를 떨어트린 것 같았다.

태훈은 눈살을 찌푸렸다.

가느다란 것이 신문지에 돌돌 싸여져 있었다.

그것은 곧 그녀의 품속으로 들어갔다.

태훈은 그것을 인지하지 못했다가 뒤늦게 아차 했다.

'칼…?'

가느다랗지만 신문지로 돌돌 싼 것. 그것은 칼일 것이다.

태훈은 휙 몸을 돌렸다.

그녀의 뒷모습이 보였다. 그녀는 주위를 두리번거리며 어딘가로 걷고 있었다.

순간 잊고 있던 까마득한 기억 하나가 스쳤다.

그 당시 자신은 사법시험에 떨어져 고시생 생활 2년차였고 그 사건이 벌어졌다.

그러나 TV조차 없던 고시원에서 세상물정도 알지 못했고 2년 후 연수원에 들어왔을 때에서야 한 번 흘겨 들었었다. 계속 싸했던 느낌을 알게 되었다.

"연수원 살인미수사건…."

연수원 살인미수사건.

살인미수로 그친 사건이다. 그렇지만 피해자인 두 사람 중 한 사람은 배에 칼을 맞고 쓰러져 중상을 입었고 다른 한 사람은 미미한 경상을 입은 사건이다.

경상을 입은 사람은 여기에서 김진영이 되는 것이다.

그리고 중상을 입은 이는 우미영이 된다.

사건의 발단은 김진영의 행실에서 보듯 시작된다. 혼인신고 한 상대가 있지만 정작 그 사실을 연수원에 밝히지 않고 젊은 여자와 바람이 난 진영으로 인해 비롯된 사건이다.

A는 즉 김진영, B는 그의 와이프. C는 우미영이라고 해본다.

A의 불륜. 그것이 B에게는 들키진 않지만 정작 C에게 들킨다.

C는 황당해하며 A에게 이별을 촉구한다.

그러나 정작 A가 다리를 붙잡는다. 하는 수 없이 어느 정도 더 관계를 이어간다.

그러다 B에게 A가 적발.

A는 파혼을 할 순 없기에 C에게 이별통보를 한다.

C는 협박한다. '5천 만 원을 주지 않으면 가만두지 않겠다.' 그리고 C는 법조인인 부모님을 이용 '부모님한테도 이 사실을 말해 법조인이 될 수 없게 하겠다.'라고 협박한다.

실상 B의 부모님이 마련해준 아파트에서 거주하고 있던 A는 5천 만 원을 당장 줄 형편이 없었다.

B몰래 빼돌린 부동산 계약서를 통해 5천 만 원을 지불한다.

그러나 끝나지 않은 C의 돈 요구.

A는 절벽 끝에 선다.

그리고 추가적으로 2천 만 원을 지불한다.

두 사람이 헤어지고 추후 B가 부동산 계약서를 빼돌린 A의 사실을 알게 된다.

평소에도 A는 외간 여자와 바람이 잦은 편이었고 참다 못한 B가 연수원에 찾아와 A와 C에게 흉기를 무차별적으로 휘두른 사건이었다.

태훈에게는 연수원에 들어온 후 한 두 번 들어본 일화일 뿐이다.

더불어 이 사건은 TV나 언론에도 공개되지 않았던 사건이다.

법조인을 키우는 사법 연수원에서 이런 일이 일어났다는 것은 치명적이었기 때문이다.

그래서 연수원 측도 최대한 감춘 것으로 안다.

그 사건이 바로 눈앞에서 벌어지게 생겼다.

사상자는 없었지만 중상까지 가게 했던 사건이다.

인지한 태훈이 그녀를 돌아봤을 때에는 이미 꽤 먼 곳까지 갔다. 낭패다. 복도의 끄트머리에 어느새 진영과 미영 두 사람이 이야기를 하고 있었다.

"제발 그만 좀 하자. 미영아 응? 나 너 아니어도 힘들어."

"그러니까 유부남이 왜 사람한테 상처를 줘? 내 상처는? 고작 1천만 원 더 주는 게 그렇게 어려워?"

평소 말을 잘 나누지 않던 두 사람이 또 붙어 이야기를 하는 이유는 돈에 관한 이야기였다.

타이밍이 기가 막혔다.

이러니 두 사람이 당했지.

각본대로라면 미영이 먼저 쓰러지고 진영이 팔에 상처를 입고 제압한다.

알고 있다면 막는 게 나았다.

아무리 협박을 하고 무슨 죄를 지었어도 사람을 상해 입히는 것은 해서는 안 되는 일이었다.

태훈은 뛰기 시작했다.

그녀를 따라잡아야했다.

타타타탓!

그의 뜀박질 소리를 들은 것인지 진영과 미영의 시선이 돌아갔다.

"강태훈…?"

진영은 태훈을 보며 고개를 갸웃했다가 자신과 근접한 거리의 여성을 보고는 놀란 토끼 눈을 떴다.

"다, 당신이 왜…."

그녀의 손은 이미 품속으로 들어가서 신문지에 감싸진 칼을 빼내고 있었다.

신문지가 바닥으로 툭 떨어지고 날이 시퍼런 식칼이 모습을 드러냈다.

그녀는 울고 있었다.

"다, 당신 뭐하는 짓이야!"

진영은 당혹해 소리쳤다.

"너도 죽고! 저 여자도 죽고 나도 죽는 거야!"

그녀는 양 팔로 칼을 쥔 상태에서 소리쳤다. 그녀는 막 미영을 향해 뛰어들려고 했다.

그러나 태훈이 더 빨랐다.

지체할 시간이 없어 몸으로 들이받았다.

쿵!

탱그랑!

바닥으로 칼이 떨어졌다. 그 틈을 타 태훈은 재빨리 칼을 발로 멀리 차냈다.

"지금 이게 뭐하는 짓이에요!"

칼로 손을 뻗었던 그녀는 칼이 멀리 밀려나자 순간 머릿속이 하애졌다.

"으흐흑, 죽일 거야. 당신 죽일 거야!"

계획했던 일이 모두 물거품이 되자 그녀는 얼굴을 감싸 울음을 터뜨렸다.

진영과 미영은 방금 전 일이난 일에 놀란 표정으로 그녀를 내려다보고 있었다.

만약 태훈이 난입하지 않았다면 미영은 멀쩡하게 서 있지 못했을 거고 진영의 아내는 실형을 선고 받았을 것이다.

'에휴. 참.'

태훈은 한심하다는 표정으로 진영을 보았다. 그의 아내도 문제가 있지만 정신 못 차리는 진영도 분명한 문제가 있었다.

※

다행이 태훈의 난입으로 피해를 입은 사람은 없었다. 그러나 사법연수원 측은 이번 일로 인해 연수원 내가 꽤 시끄러워질 것을 알았고, 이런 문제를 제기한 김진영과 우미영을 연수생으로써 둘 수는 없다고 판단했다.

김진영과 우미영을 파면하는 것으로 일을 일단락 시켰다.

한 달 간은 이 일 때문에 꽤 시끄러운 감이 있기는 했지만 큰 피해자는 없었기 때문에 다시 수그러들었다.

2학년의 새 학기를 사법 연수원의 경우 3학기라고 부르게 된다.

태훈과 범현에게는 3학기가 도래했고 불행 중 다행스럽게도 두 번째 사법고시에서는 합격한 기태가 그 다음 기수로 들어왔다.

축하할 일이었지만 자신들보다 기수가 낮다면서 놀리며 하루하루를 보냈다.

검찰, 법원, 변호사 실무수습 기간을 끝내고는 훅 하니 4학기가 다가왔다.

4학기에는 마지막 관문이 존재했다.

10월 초부터 중순까지 2주간에 걸쳐 민사 재판 실무, 형사 재판 실무, 검찰 실무, 민사 변호사, 형사 변호사 총 5

과목을 하루에 걸쳐 시험을 본다.

사법고시보다도 더욱 고난이도의 시험이었고 사법 연수원에서의 마지막 관문이기도 하였다.

오죽 연수원들이 공부에 매진하니 점심시간만 되면 단당류를 섭취하라고 할 정도였다.

시험 도중에 제대로 된 끼니를 때우려는 연수생은 없다.

김밥 한 줄이나, 빵 등으로 대충 끼니를 때운 후에 다시 공부를 한다.

그만큼 마지막 관문이 중요했기 때문이다.

'어렵다, 어려워.'

태훈도 시험을 보는 내내 골머리를 썩을 정도였다. 그만큼 4학기의 마지막 시험은 고난이도였고 2박 3일의 수료 여행을 마치고 돌아왔을 때에는 성적표가 나와 있었다.

연수원에서의 성적표도 무척 중요했다.

특히나 판사 검사를 지향하는 이들에겐 더욱 그랬다.

대부분 상위 30%정도가 판사 검사를 지향하고 그 밑으로는 변호사의 길을 걷게 된다.

"이겼다…."

연수원 과정 중 시험 중에서는 처음으로 이환을 이겼다. 4학기의 시험의 경우 판결문, 공소장, 불기소장등의 점수가 크게 반영되고 그것들은 대게 똑똑한 두뇌보다는 노련함을 더욱더 중요시하기 때문이다.

연수원에서의 마지막을 승리로 거머쥔 태훈의 얼굴로는 작은 미소가 감돈다.

NEO MODERN FANTASY & ADVENTURE

10. 군법무관(1)

10. 군법무관(1)

 연수원 졸업식 때에는 부모님께서 바빠서 올라오시지 못했다. 그렇지만 누나인 혜지가 왔다.
 강혜지의 등장에 연수원은 발칵 뒤집혔다.
 이젠 월드스타라고 불리는 누나는 할리우드에서도 한 작품 해냈고 드라마는 중국과 일본, 대만 등 아시아 국가로 뻗어나가고 있었다.
 실제 연수생들은 태훈의 누나가 '강혜지'라는 사실을 알고 있는 이들만 알았지 대부분 몰랐다.
 과거 방송 출연도 같이 하고 했지만 큰 관심을 두고 지금까지 기억하고 있는 사람이 몇이나 되겠는가.
 그리고 결정적인 한 방이 더 존재했다.

한수영이 그 뒤를 이어 10분 뒤에 연수원에 도착한 것이다.

실제로 2년만의 만남이었다.

매니저와의 사건 이후로 그녀의 연락도 뜸했고 태훈 자체는 애초에 먼저 연락하지는 않았다.

오랜만의 만남이라 꽤 반가웠다.

"안녕…하삼."

그녀는 수줍게 평소처럼 인사했다.

"이야, 반갑다."

태훈이 악수를 청했다. 그녀는 수줍게 악수를 받았다.

"태, 태훈아 정말 너희 누나야? 그, 그럼 수영 씨는?"

"아는 동생이에요."

"우와아아! 싸인 좀 해주세요! 싸인 좀!"

정말이지 연수원이 너무 크게 뒤집혀서 문제였다. 빠져나가는데만 해도 시간이 좀 걸렸다.

항상 진중했던 분위기의 연수원이 시끄러워진 걸 처음으로 목격한 태훈이다.

※

졸업식이 끝이 난 후에는 모두가 다 함께 한우를 먹기 위해 왔다. 기태의 경우는 졸업한 것은 아니었지만 '불편

한 자리 싫어!' 라고 외쳤고 태훈과 범현이 억지로 끌고 와서 고기를 먹이고 있었다.

"오, 맛있어. 맛있어."

싫다고 할 땐 언제고 누구보다 잘 먹는 기태였다.

"어떻게 지냈어?"

"그냥 저냥 지냈지. 뭐."

오랜만에 만난 수영은 더욱 성숙해져 있었다. 물론 스크린을 통해서 몇 번 보기는 했었지만 말이다.

조금 더 의젓해진 분위기에 태훈은 마치 자라나는 아이를 바라보듯 한 미소다.

태훈은 직감적으로 예상했다. 그 2년이란 시간동안에도 수영은 자신을 가슴에 품고 있었다는 사실을 말이다.

"저 화장실 좀 다녀올게요."

그녀가 몸을 일으켰다.

자리에는 누나의 매니저와 수영의 매니저도 함께 식사를 하고 있었다.

"어떻게 할 거야. 앞으로."

"뭘?"

태훈이 퉁명스레 묻자 그녀는 황당하다는 듯이 헛바람을 뱉어냈다.

"쟤 너 2년 동안 기다렸어. 이젠 좀 끝을 내자. 지켜보는 나도 답답하다. 답답해."

"난 분명 싫다고 말했어."

누나의 의사에도 태훈은 한결 같은 대답이었다. 수영의 매니저가 한숨을 턱 쉬는 게 들렸다.

자신도 이젠 정말 둘 사이가 잘 되든 못 되든 어떻게든 되었으면 한다.

자신이 태훈에게 그 부탁을 하고 수영이 그에게 접근하지 않기 시작했다.

그걸로 끝일 거라고 여겼다.

그러나 그녀는 계속 태훈을 잊지 못하고 가슴에 품고 있었다.

죽이 되든 밥이 되든 뭐라도 되었으면 하는 심정이다.

"그럼 딱 잘라 말해. 그냥 오빠 동생으로 남고 싶다고."

누나는 한숨을 크게 쉬었다.

싫다는 사람에게 만나보라고 강요할 순 없는 노릇이었다.

기태는 미간을 찡그렸다.

"하여튼 따지는 건 많아가지고."

"그래서 그런 거 아니다. 내 꼴을 봐."

"뭐, 연수원 수석 졸업? 자랑하냐. 지금?"

태훈이 한 말에 기태는 콧방귀를 끼었다. 확 숟가락을 던질까했지만 참는다.

"나 아직 군대도 안 갔어. 또 쟤는 나를 만나면 지가 손해야. 정말 스캔들이라도 나면 어쩌려고."

태훈도 수영이 싫진 않다.

동생이라는 감정에서 충분히 여성이 될 수도 있는 것이다.

그렇지만 자신은 아직 미필자였다.

물론 사법연수원을 수료했고 또한 수석으로 졸업했기 때문에 오는 2월 군법무관으로 3년간 근무한 후 복무를 끝낼 수 있을 것이다.

군법무관이 편한 건 사실이었다.

엄연히 '장교'로 분류되기 때문이다.

그러나 분명히 '군인'이라는 사실은 변함이 없다.

그 굴레에서 지금 만난다면 또 다시 그녀는 3년을 태훈을 기다려야했다.

"그럼 확실하게 말해주세요. 부탁입니다."

매니저는 태훈도 난처한 입장인 걸 알았다.

그의 부탁에 태훈은 말없이 소주잔을 들어 목을 축였다.

식사를 끝낸 후 누나는 스케줄이 있다며 움직였고 범현과 기태도 자연스레 자리를 비켜줬다.

태훈은 수영의 밴에 올랐다.

저번에도 타봤지만 밴 속안이 마치 작은 원룸처럼 아늑했다.

"수영아 오빠 담배 한 대만 피고 올게."

"네."

매니저가 문을 열고 나갔다.

수영도 여자인지라 직감했다.

둘 중 하나라는 사실을.

만나거나. 태훈이 완전하게 딱 잘라 싫다고 하거나.

"넌 내가 왜 좋냐."

"좋은데 이유가 있나…."

태훈의 물음에 그녀는 퉁명스레 입술을 삐죽 내밀고 답했다.

그는 잠시 눈을 감고 숨을 크게 들이 마신 후 그녀를 보았다.

"미안하다. 역시 안 될 것 같아."

"…그럴 줄 알았어."

그녀는 실망한 목소리였지만 애써 웃었다.

"100번 찍어 안 넘어가는 나무 없다던데. 오빤 안 넘어가네…."

그녀는 쓰게 웃었다.

그녀가 집요하게 수많은 시도를 했었다.

그때마다 태훈은 싫다고 거절했고 어느덧 장난으로 받아들이기 시작했는지도 몰랐다.

그리고 오늘의 대답은 그 어떤 때보다도 진중했던 확실한 대답이었다.

"내려… 원래는 데려다주려고 했는데. 싫어졌어."

태훈은 고개를 끄덕이며 밴에서 내렸다.

밴에서 내려 택시를 타기 위해 걷다가 여전히 그 자리에 서있는 밴을 돌아봤다.

검은색으로 속 안이 보이지 않게 썬팅 된 창문으로 그녀의 우는 모습이 보이는 듯 하다.

그는 곧 몸을 돌렸다.

※

스물 일곱 살. 2월. 태훈이 군복무를 하기 위해 입대를 하는 날이 되었다.

군법무관은 3년간의 과정이고 군판사, 군검사. 즉 군대 안에서의 판사와 검사의 역할을 해내게 되는 것이다.

사법 연수원의 과정을 수료한 30세 이전의 이들에게만 주어지는 혜택이었고 또한 군법무관과 공익법무관으로 나뉘는데, 군법무관의 경우는 연수원에서 상위권 내의 이들로만 착출 된다.

공익법무관 역시도 상위권 이들 위주로 착출이 되나 군법무관보다는 낮은 성적의 이들이다.

그 때문에 복무기간을 마친 후에도 군법무관으로 근무하는 이들이 공익 법무관 근무자들보다도 더욱 좋은 대우를 받게 되는 편이었다.

태훈의 경우는 변호사를 지향하기 때문에 실상 공익 법무관이 옳았다.

공익 법무관은 법무부 소속으로써 민간에 속하는 부분이었고 법률공단에 소속되어 자문을 주거나 소송을 맡거나 할 수 있었기 때문이다.

그러나 오히려 성적이 발을 잡았다.

군법무관은 강요적으로 성적순에 의해 국방부에서 미필자를 대상으로 연수원에서 뽑아간다.

성적이 좋으면 자신이 공익법무관이 하고 싶어도 군법무관으로 들어가게 되는 것이다.

또 한 번의 입대를 하면서 태훈은 크게 한숨을 쉬었다.

물론 군법무관이 무척 편하고 전역 후에는 쉽사리 법조인들이 무시를 못한다는 메리트가 있기는 했지만 다시 군대에 간다는 것은 썩 좋은 기분은 아니었다.

태훈은 군법무관으로써 입대했다.

※

 태훈은 경북 영천 3사관학교에서 장교로써의 교육을 시작했다. 법무관은 말 그대로 법무장교였다.
 그는 사관학교에서도 두각을 드러냈다.
 한 번 군대 다녀온 놈이 잘한다고.
 그는 신속하고 빨랐다. 특히나 평소 다져놨던 신체는 다른 사관후보생들보다 특출 났다. 오죽했으면 교관이 태훈을 '직업군인'을 시키면 참 잘하겠다. 라고 말했을 정도였다.
 오전 훈련을 끝내고 병영 식당에 들어선 태훈은 군대리아를 보며 입맛을 다시었다.
 일반 병사 훈련생 일 때이든 장교 사관후보생일 때이든 단당류 섭취는 참으로 중요하지 않나 싶다.
 군대리아를 맛있게 먹은 후 다음 훈련 교장으로 온 태훈은 눈물을 집어 삼켰다.
 "가스! 가스! 가스!"
 오후의 훈련이 화생방 훈련이었다. 그의 바로 앞쪽으로 자세를 낮춘 상태에서 구호를 외치며 사관 후보생들이 방탄을 무릎에 걸친 후 방독면을 착용하고 있었다.
 "하… 두 번 살게 된 건 참 좋다만…."
 누구라도 그럴 것이다.

군대에서 가장 힘들었던 훈련이 뭐냐고.

그중 상당수가 그렇게 말한다.

화.생.방.

태훈은 그것을 다시 하게 되었다.

태훈의 조의 차례가 되었다.

"가스! 가스! 가스!"

빠른 속도로 방독면을 착용한 태훈은 손바닥으로 정화통의 입구를 눌러 숨이 잘 쉬어지는 지 확인했다.

곧 컨테이너 박스 안으로 들어갔다.

자욱한 하얀색 가루들이 흩날리고 있었다.

"마지막이어서 CS탄 전부 깠다."

교관의 말은 끔찍했다.

일렬로 쭉 선다.

"정화통 해제."

그 말이 염라대왕의 '어서 지옥으로 오게.' 라는 말처럼 들렸다.

정화통을 해제하는 순간 눈과 코. 입. 피부가 따끔거리기 시작했다. 본인도 모르게 숨을 한 번 들이쉬자 가슴이 턱 막히는 뜨거운 느낌이다.

"콜록! 콜록!"

사관 후보생 중에서도 에이스로 꼽히는 태훈도 화생방 앞에서는 무용지물(無用之物)이었다.

다시 한 번 살게 된 건 참 좋으나.
역시 훈련소는 또 할 건 못 된다.

※

국방부 시계는 안 간다 했던가. 그러나 뒤돌아보면 어떤 때보다도 빨랐던 것이 군 생활이다. 스물 아 홉 살 11월이 되었다. 태훈의 군생활의 끝이 임박했다는 의미이다. 태훈이 군법무관으로써 받은 보직은 판사였다. 판사는 법조인 중에서 최상위 클래스로 분류된다.

물론 태훈이 전역 후 판사를 할 것은 아니었지만 실제 판사를 꿈꾸는 이들에게는 3년간의 군법무관 과정이 실제로 인정이 된다.

그리고 태훈의 경우처럼 판사로 군법무관 생활을 한 후에 변호사로 나서는 이들이 의외로 있는 편이었다. 그들의 경우는 제대로 한 몫 챙기려는 이들이었다.

군법무관으로써 군판사 출신이라는 것은 누구라도 무시할 수 없는 존재였다.

그 때문에 그들의 경우는 그 맹점을 이용하여 대형 로펌에 들어가서 역시나 사법연수원에서 누구보다 뛰어난 실력을 보였던 것처럼 상당한 실력을 자랑하고 수입 또한 크게 벌어들인다.

태훈은 우배석 판사를 맡고 있었다.

군사법원에서의 판사의 결정은 민간법원과 동일한 효력을 발휘한다.

그리고 군형법의 경우 일반적인 형법보다도 더욱 그 처벌이 쎈 편이었다.

우배석에 태훈이. 좌배석에 한길두 대위. 중앙에는 장기 군법무관인 유승묵 재판장이 앉아있었다.

우배석 태훈이 주로 하는 일은 재판장의 명에 따라서 현장에서 증거를 채집하거나 의견을 내고 법정에서의 자료들을 검토하는 것이었다.

오늘의 경우는 특별하게도 범현과 만났다.

그는 검찰관으로 군복무 중에 있었다.

"피해자 이지성 일병이 자신보다 계급이 낮다는 이유로 폭행 및 협박을 일삼으며 가혹행위를 했다는 점. 또한 그 수법이 아주 치밀하고 가혹했다는 점을 판단하여 이에 관련하여 징역 4년을 구형합니다."

군사법원은 말 그대로 군대 내에서의 모든 형사사건을 맡는다. 다른 점은 군사법원에서는 애초에 민사라는 개념이 존재하지 않는다는 것이다.

"피고인 김동현 병장은 진심으로 죄를 뉘우치고 있으며 아직 스물 세 살이라는 젊은 나이입니다. 또한 집에는 모셔야할… 생략… 선처하여 징역 8개월을 구형하여 주시기 바랍니다."

　군사법원에는 변호사 역시도 존재한다.

　피고가 선임한 사선 변호사이거나 혹은 국선 변호사이다. 지루한 재판은 계속 되었고 끝났을 때는 모두가 퇴정했다.

　재판이 끝이 난 후 태훈은 범현에게로 다가갔다.

"이범현 검찰관."

"강태훈. 이 새끼."

　두 사람은 포옹했다. 물론 휴가를 일부러 맞추거나 장교 특성상 주말에는 외출이 가능했기 때문에 만나기는 했지만 일을 하다가 만나니 무척 반갑다.

　이범현은 정말 검사와 같았다.

　하긴, 검찰관이 즉 군대의 검사였으니 같았다. 라는 표현은 옳지 않다.

　그는 멋들어지는 검사였다.

　이범현 역시도 그를 위아래로 훑었다.

"에이, 넌 법복 입을 스타일이 아니다."

"너야말로."

"하이구."

　태훈은 빙긋 웃었다.

"몇 개월만 버티자."

"그래."

몇 개월. 그것만 버틴다면 법무관으로써의 군 생활도 끝나는 셈이었다. 범현의 경우는 검찰관으로 활동했던 것이 인정받아 진짜 검사가 될 것이고, 태훈은 곧바로 한마음 법무법인으로 들어갈 예정이었다. 고정된 연수를 채우는 것은 아니었다.

임시적으로 1년간 그곳에서 일해 볼 생각이었다.

〈2권에서 계속〉